Love exchange

脫衣舞男的等價交換法

Author 非逆
Illustrator 沈蛇皮

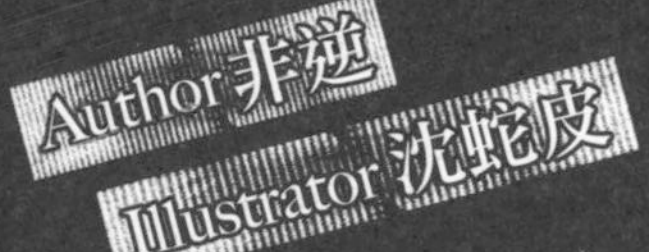

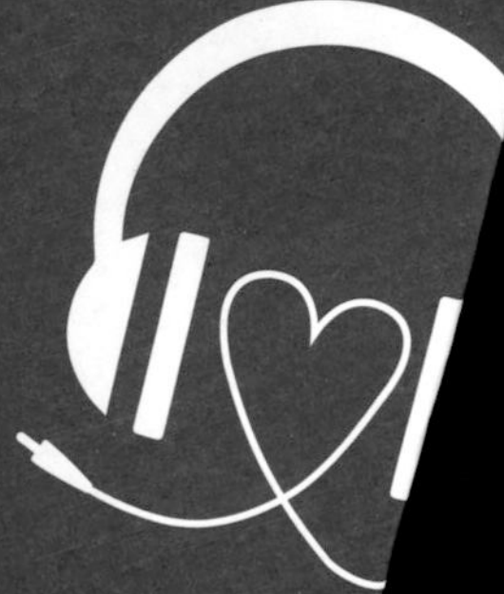

CONTENS

Chapter 01 004
Chapter 02 024
Chapter 03 036
Chapter 04 049
Chapter 05 066
Chapter 06 078
Chapter 07 096
Chapter 08 115
Chapter 09 128
Chapter 10 156
Chapter 11 171
Chapter 12 188
Chapter 13 204
Chapter 14 220
Chapter 15 234
Epilogue 247
後記 252

Love exchange
脫衣舞男的等價交換法

Chapter 01

丹尼爾躺在客廳的沙發上，脖子下方墊著舒適的抱枕，戴著耳機，玩著手機上的音樂節奏遊戲。那其實只是簡單的反射神經訓練罷了，他只需要照著音樂的進程，用手指擊中螢幕上發光的小圓點就好了。只不過那些小圓點，此刻正以每秒七十個的速度飛快往上飄移，而他兩隻手的大拇指都感覺已經要抽筋了。該死的地獄等級。

電音舞曲在他耳裡響得太大聲、他太專心盯著螢幕和注意自己大拇指的關節，使他沒有聽見大門打開和關上的聲音，也沒注意到有一個人影出現在他的頭旁邊，直到有人一把拔下他的耳機，對著他大喊：「我說——我回來啦，寶貝！」他才從沙發上彈了起來，耳機線差點把他的眼鏡給甩飛。

「靠，妳有什麼毛病啊？」他狠瞪了眼前的女孩一眼，但對方只是把一頭濃密的黑色捲髮甩到腦後，然後一手叉腰，擺出歌手演唱結束時的拍照姿勢。

「我要宣佈一件重要的事。」她莊嚴地說。「所以不論你們剛才在做什麼，現在都得先看我這裡。」

丹尼爾低頭看了一眼自己的螢幕，一邊拉下另一側的耳機。「妳害死我的角色了。」

他看著視窗中的「失敗」字樣抱怨道。不過他自己也知道，這關他本來就不可能過得了。

「什麼事這麼重要啊，凱拉？」他們的另一位室友達克，把視線從電視上轉開，還貼心地把音量給關掉了。電視上的蝙蝠俠無聲地張著嘴，不知道在說些什麼，但他那張臉不管有聲還無聲，看起來都一樣蠢。「妳升職了嗎？還是調薪了？」

凱拉向他投去挫折的視線。「我有這麼膚淺嗎？」她搖搖頭，然後像是邪教的領導人在接受信徒膜拜般展開雙臂，微微勾起嘴角。「不，比那個好多了。魯蛇們，我已經把收假派對計劃好啦！」

「噢，天啊。」丹尼爾推起眼鏡，捏了捏鼻樑。「今年妳又想了什麼新花招？」

看著凱拉得意的模樣，丹尼爾忍不住嘆了口氣。每年暑假的最後幾天，他的室友都覺得自己有責任舉辦一個盛大的收假派對，讓大家「享受假期最後的瘋狂」。第一年的暑假，凱拉在他們公寓的客廳辦了一個墨西哥主題的派對；她在客廳中央的天花板上掛了一隻幾乎比丹尼爾還大的彩繪驢子玩偶，讓來參加派對的人矇著眼睛打破，但最後不僅是玩偶破了，他們客廳的主燈燈泡也是。去年，凱拉和另外一個租屋處有泳池的朋友，一起辦了一個泳池派對。這種派對應該沒有出差錯的機會了，但凱拉卻不知怎麼地在燒烤時，把朋友家的花圃也給燒掉了一塊。那場派對，最後就在大家的驚聲尖叫和手忙腳亂的滅火行動中結束了。

今年是他們一起度過的第三個暑假。丹尼爾不知道凱拉這次又有什麼別出心裁的計畫。

「記得我現在在哪裡打工嗎？」凱拉在茶几上坐下，雙手把膝蓋抱在胸前。

「不是市中心的那間脫衣舞俱樂部嗎？」丹尼爾皺起鼻子。

他從來不贊同凱拉去脫衣舞俱樂部上班的決定，但凱拉堅稱，年滿二十一歲之後，她就是要做一點不一樣的事。再說，那是一間「脫衣舞男」俱樂部，會去那裡消費的人要不是女孩子，就是對女人沒有興趣的男人。那已經是聲色場所裡對她來說最安全的地方了，凱拉驕傲地表示，但丹尼爾就不懂，為什麼年滿二十一歲就非得要去聲色場所打工。是，他知道那裡的消費者小費都給得非常大方，那也是對凱拉而言最大的誘因。但無論如何，丹尼爾都還是認為，有比脫衣舞男俱樂部來得更正當的地方可以打工。

更別提凱拉還是學校政治系的學生。如果她以後要從政，被人發現她的履歷上有這一筆，她該怎麼辦啊？

但話說回來，凱拉就是這種女孩——那種會在客廳放一整盒保險套，還大言不慚地宣布，如果他們之間有誰想要帶人回家過夜、就可以自行取用的女孩。去年，她在沙發旁的小桌上放了一個紙盒，裏頭灑滿各種品牌的保險套與潤滑液隨身包，紙盒外用黑色的奇異筆寫了大大的「請享用」。

「沒有人會帶人回來過夜的，凱拉。」丹尼爾當時無比鄙夷地瞥了凱拉一眼。「就算妳有，也不要讓我知道。」

之後，丹尼爾也時時告誡自己，不要被好奇心驅使去檢查紙盒裡的保險套有沒有減少。他真的不想知道凱拉或達克有沒有帶別人回家過夜，至於他自己，那是絕不在考慮範圍之內的。

「沒錯。」凱拉神祕兮兮地壓低聲音，好像怕有第三者聽見她的偉大計畫似的。「我認識了那邊的幾個舞者。所以今年的收假派對，我就決定了，要找那些舞男共襄盛舉。」

「真的嗎？」達克瞪大雙眼。「請那種舞男來跳舞都很貴吧？妳的薪水有辦法請他們來表演嗎？」

丹尼爾懷疑地盯著她。「妳該不會要我們大家和妳一起攤吧？我先說，我可不幹喔。」

凱拉啪的一聲打在他的手臂上。「我有我的辦法。別問這麼物質的問題，好嗎？」

「妳該不會賣身去了吧。」

「丹尼爾！」此話一出口，達克的臉立刻就漲紅了起來。凱拉則踢了丹尼爾的膝蓋一腳。「賣你個鬼。我看起來像是那種人嗎？」

丹尼爾看著凱拉不修邊幅的濃密捲髮，以及她轉著眼珠時看起來不懷好意的模樣。嗯，看起來的確不像。不過誰知道？天底下無奇不有，也許就有人吃這一味呢。

「好吧。那，妳打算要在哪裡辦這個偉大的脫衣舞派對？」

凱拉盯著他看了一會，好像他剛才問她的是A的下一個字母是什麼，這種理所當然的問題。「當然是主辦人的家。」她張開雙臂，對著四周比劃了一圈。「還有什麼比這裡更適合的地方嗎？」

丹尼爾瞪視著她。事實上，他想不到比這裡更不適合的地方了。請脫衣舞男回家來表演？這女人是不是電影看太多了？就他所知——雖然也是從電影和影集中學來的——脫衣舞者的世界都和毒品與黑道脫不了干係。她真的想要把這些人請回家裡面？「妳是認真的嗎？」丹尼爾質問道。「妳知不知道這樣可能有多危險啊？他們搞不好還有黑道當保鏢耶！要是他們假借表演之名行強盜之實，我們搞不好連報警電話都來不及打。」

「你電影看太多了，丹尼爾。」凱拉翻了個白眼。

丹尼爾氣急敗壞地哼了一聲。「這叫做危機意識。」

「放心啦，他們都是好人，都像是鄰家大哥哥一樣。」凱拉回答。「雖然他們年紀不一定比我們大就是了。」

丹尼爾仍然不相信她。「所有的兇手在殺人之前看起來都像是鄰家大哥哥。妳確定妳知道他們的來歷嗎？」

「丹尼爾說的也沒錯。」達克小心翼翼地說。「這麼做真的安全嗎？」

「你們愛怎麼擔心就怎麼擔心吧，大寶寶。」凱拉從茶几上跳了下來。「你們只要相信我這一句就好：氣氛一定會很棒，到時候一定會很好玩的。」她抓起丟在腳邊的托特包，然後往自己的房間走去。「你們就拭目以待吧！晚安啦，男孩們。」

丹尼爾和達克看著凱拉輕快的背影消失在房門後方，面面相覷。

丹尼爾咋了一下舌頭。「該說她是笨，還是太相信人性了？」

「嗯，我知道你是出自於好心。」達克笑了起來。「但你也知道凱拉這個人。她很清楚自己在做什麼。」

「你確定嗎？」丹尼爾瞥了他一眼，一邊把耳機捲了起來。「你還記得去年燒掉的花圃，還有前年打破的電燈吧？就在這裡，這個客廳中央，滿地都是玻璃碎片……」

「那都不是她的錯呀。」達克又試了一次。「花圃會燒起來，是因為有人把木炭打翻了，對吧？會把電燈打破，也是因為那個男生絆到抱枕，跌倒了才會打歪的。」

「對，但那就是凱拉最擅長的事——做出變數太多的計畫。你永遠都不知道哪一步會走錯。」

達克點點頭，思索了一下。「放寬心啦，丹尼爾。到時候派對上人這麼多，除非我們被恐怖份子狹持、或遇到瘋狂殺人魔，不然應該還算安全啦。」他伸手撈過遙控器，再度打開電視的音量。「哇，靠。現在到底演到哪裡啦？」

「蝙蝠俠準備要告訴你他很有錢了。」丹尼爾哼了一聲，站起身。「我要回我房間去囉。」

「晚安，丹尼爾。」達克對他揮了揮手，眼神卻已經被電影給吸引了。

丹尼爾挫敗地嘆了口氣，往自己的臥室前進。有時候，他真的不知道他的室友們是怎麼活到二十幾歲的。

*

派對當天，還不到晚上六點，丹尼爾的公寓裡就已經擠滿男男女女。參加派對的人們幾乎全是凱拉和達克的朋友，大部分的人丹尼爾都只有一面之緣，他幾乎叫不出名字。前兩年的派對，丹尼爾還曾經邀請過自己的同學們，以示對凱拉的尊重，但今年的主題是脫衣舞，丹尼爾實在開不了口。凱拉特立獨行的風格，以及令人摸不著頭緒的舉止，使她人緣出乎意料地好，就連丹尼爾自己都得承認，如果凱拉不做那種會讓自己身陷險境的事，她確實是個有趣又討喜的人。

話說回來，要不是出自於對自家室友的關懷，他也不需要多費心思為凱拉擔心這麼多了。

丹尼爾靠在房間與客廳之間的走道牆邊，看著在人群中穿梭打招呼、和大家交換笑話的凱拉，試圖想像她以後從政的模樣。他在腦中構築她穿著灰色套裝、一頭捲髮盤成高高的髮髻，站在講台上發表競選宣言的畫面。不，看起來太不對勁了。凱拉的個性，應該要穿得像個吉普賽人，或好歹也是會去參加音樂季的嬉皮人士。他為自己的想像竊笑起來。

「你自己一個人站在這裡笑什麼？像個變態一樣。」凱拉的聲音從下面傳來，對著他大叫。

丹尼爾垂下視線，看著站在離他一步遠的凱拉。身高接近一百九十公分的他，正好可以看見凱拉的頭頂。凱拉對他舉起酒杯，說了點什麼。

「什麼？」丹尼爾彎下身，把耳朵湊近她嘴邊。音樂聲震耳欲聾，他得用喊的才能和凱拉對話。「妳太矮了，我聽不見。」

凱拉對著他的耳朵大叫：「你確定你不喝點什麼嗎？現在是派對耶，你應該要喝酒，跟大家一起玩才對，而不是像一個掃興的老頭一樣站在這裡。」

「等妳邀請來的恐怖份子把大家都挾持成人質的時候，至少要有一個人是清醒的。」丹尼爾斷然說道。「而且，妳確定這裡大家都成年了嗎？我不希望到時候報警時，還要承擔教唆未成年人喝酒的罪名。」

「那才不是真的罪咧。」凱拉回嘴。「你如果這麼想扮演保鑣的角色，你不如去門口檢查大家的駕照好了？」

「閉嘴啦。」丹尼爾揮了揮手。「派對女王，妳可以回去了。妳的子民們需要妳了。」

凱拉大笑起來，扭著屁股，轉身離開。丹尼爾搖了搖頭，吐出一口氣。他再度掃視一圈自己的公寓客廳。原本這裡只是他和室友們打發時間，一起吃零食、看脫口秀的空間，現在卻搖身一變成了一個臨時的舞池，角落擺著兩座插電的投射燈，在天花板與牆面上打出不斷旋轉的彩色光點。原本的沙發被推到了兩側的牆邊，茶几也搬開了，人們在舞池中隨著音樂扭動肢體，或者和身邊的人談笑。儘管冷氣已經開到最強，整個空間還是感覺火熱不已。

丹尼爾忍不住歪著嘴角，笑了起來。不管他對於凱拉的腦袋有多不以為然，他還是不得不承認，她真的很會辦派對。每次的派對氣氛都很好——至少在事情開始出差錯之前。

這是她辦派對的第三年，沒意外的話，也會是他們作為室友一起度過的最後一年。以後若是少了凱拉的瘋狂，他大概也會感到有點寂寞的。只有一點點啦。

隨著時間過去，公寓裡的氣氛變得更高亢。許多人都已經喝了好幾杯啤酒，說話的聲音也大聲了起來，幾乎足以蓋過音樂。丹尼爾拿著一個紅色塑膠杯，站在牆邊，一邊喝著潘趣酒，一邊跟著模糊的音樂哼唱。

雖然他總批評凱拉的派對，但放在餐桌上的那一大盆潘趣酒，還是他調的。那是他的特調，是他以前還住在家裡時，跟媽媽的秘書學來的。

小時候的丹尼爾總喜歡在父母舉辦家庭宴會時，偷偷溜進廚房裡吃「大人的食物」。潘趣酒香甜的水果氣味當然吸引了他的注意力，但當時才十二歲的他，偷喝了一口之後，就被裡頭各種香料和酒精所混合出的口感，辣得臉都皺了起來。躲在桌子底下咳個不停的丹尼爾，被媽媽的秘書發現了；她不僅為丹尼爾保密了偷喝調酒的事情，還把丹尼爾帶去廚房，告訴他怎麼用冰箱裡隨手可得的材料調出這種「香甜可口」的酒。

以前他完全不能理解這種酒哪裡香甜、哪裡可口。直到現在，他終於也到了自己調酒的年紀時，他才開始體會到潘趣酒的樂趣所在。這種酒的甜味能夠掩蓋過高濃度的基底酒刺鼻的酒精味，你會把它當成綜合果汁來喝，直到突然意識到自己看到的天花板開始旋轉為止。

丹尼爾感受著酒精在他的臉頰燃燒，一邊吐出一口熱氣。那些脫衣舞男們，現在也該來了吧？話說回來，現在到底幾點了？

他掏出手機，正準備檢查上面的時間，就在此時，他突然聽見了一聲巨響，像是有什麼東西爆炸的聲音。

搞屁？他的心臟重重一跳，倏地抬起頭，才發現公寓裡的所有人都和他一樣愣在原地，每一顆頭都轉向了聲音傳來的方向：公寓的大門。沒有人出聲；剛才吵雜的人聲，現在全部靜止，只剩下異常大聲的音樂繼續播放著。

糟糕。丹尼爾的心中警鈴大作。他彎下身，把塑膠杯放在腳邊，緩緩往客廳移動過去。

又是碰的一聲巨響，這次，丹尼爾倒是清楚看見了發出噪音的東西。一個身穿緊身套頭毛衣、黑色工作褲，臉上還戴著防毒面具的男人，手中抓著一把手槍，站在玄關處。剛才的巨響，就是手槍所發出來的。或者該說，手槍是唯一的可能性。

「全都給我趴下。」男人高舉起拿槍的那隻手。

屋子裡的人，沒有一個人動彈。

丹尼爾一個字也沒說，只是小心翼翼地弓起背，讓自己隱藏在客廳的人群之間。眼看沒有人遵循他的指令，男人把槍口指向了一個離他最近的女孩。「趴、下。」他一個字一個字，口齒清晰地說道。

女孩呆滯了兩秒，隨後發出一聲小小的尖叫聲。

她撲倒在地，而這舉動彷彿打開了其他人的開關，眾人紛紛尖叫著趴倒在地上，或是往後面的走道衝去，試圖尋找牆壁或沙發做掩護。丹尼爾跟著蹲下身，在地上匍匐前進。此時，他已經來到客廳一半的位置，距離玄關處只有不到幾公尺的距離。他只要往前撲去，伸長手，就可以抓到男人的腳。他停了下來，等待著時機，渾身肌肉緊繃，蓄勢待發。

就在這時，公寓大門又被人粗暴地推了開來。三個同樣身穿黑衣黑褲、戴著面罩的男人走了進來，三人手上拿著手銬、繩子和……那個四方形的箱子是什麼？是……音響嗎？

丹尼爾皺了皺眉。他的大腦彷彿少了一個齒輪，或者是齒輪都生鏽了，轉都轉不動；眼前看見的東西似乎有那麼一點不對勁，但他的身體反應卻比大腦還快。他的腦子不斷下達指令，要他再等一等，但是他的身體卻已經不聽使喚地向前爬去。不對，等一等，這是……

下一秒，他便一躍而起，撲向拿著手槍的那個男子。

「搞什……」男人驚愕地向後退了一步。

他聽見凱拉的聲音，像是從最遙遠的地方傳來：「等等，丹尼爾！不——」

但是來不及了。丹尼爾的身子撞上了男人，儘管對方已經試圖往旁邊閃避，但被身材高大的丹尼爾肩膀一撞，男人還是一個踉蹌，向一旁摔倒在地。丹尼爾的視線一陣天旋地轉。「靠。」他只來得及低聲咒罵一聲，他的身子便重重砸在對方身上。他的胸口撞上男人的手臂，痛得他短暫失去了視覺，只覺得呼吸困難。要命。電影裡那種帥氣撲倒歹徒的畫面都是假的。撲人的人根本就不可能做出任何實質的攻擊……

當他再度恢復視力時，他發現自己仍然壓制著對方的身軀。身下的人低哼、掙扎著，不斷推著他的胸口。「你也幫幫忙，老兄。」男人好不容易從他身下掙脫出一隻手。他在面罩下緣摸索著，然後把面罩推了起來。「反射神經不錯唷。以後打算報效國家嗎？」

丹尼爾愣愣地看著距離他只有一個手掌的燦爛笑臉。

搞屁？

「謝了，丹尼爾。」凱拉的聲音出現在他的頭頂上方。丹尼爾緩緩抬起頭。凱拉政俯視著他，光線使她的臉有一半藏在陰影中，看起來十分詭異。「你剛才攻擊了我請來的舞者。」

丹尼爾環顧了一圈四周。現在除了他和這個男人之外，所有的人都站了起來，還有人拿著手機對著他，看來正在錄影。另外三名黑衣男子也拉起了面罩，露出了尷尬至極的笑容。

丹尼爾的視線回到年輕男人的臉上。在這樣的燈光下，他不太確定對方的頭髮和眼睛是什麼顏色，但看起來並不深，瀏海亂糟糟地翹在額頭上。年輕人挑著一邊的眉毛，那張肉感豐滿的嘴緩緩移動著。

「哈囉，丹尼爾。」他說。「你現在要讓我起來，還是怎樣？」

＊

他還記得那天自己是怎麼跟達克說的：凱拉的計畫總是變數太多，永遠不知道哪一步會走錯。

而今年，那個錯誤就是他自己。他沒想到他喝了一點潘趣酒之後，反應會變得這麼慢——這也算是今晚的一點小小的福利，至少他對自己的認知又多進步了一點。當他撲上前時，他的大腦和身體彷彿受到兩個不同的中樞控制，他覺得好像哪裡不太對勁，但他的身體卻還停留在幾分鐘前接收到的危險指令。

他在凱拉的拉扯下，手忙腳亂地從那人身上爬起來，其餘的舞者們也走上前來，幫助那個可憐人站起身。

「真是個了不起的開場。」男孩把瀏海向後推起，然後對丹尼爾咧開嘴。「你要不要考慮來我們這裡打工？我們可以編個軍人主題的舞，一邊操槍一邊脫衣之類的。你的樣子感覺蠻適合扮軍人的。」他轉向現場的其他人，張開一隻手。「你們覺得呢？他的身材看起來很適合跳脫衣舞吧？」

這番話使丹尼爾身後的客人們全都爆笑了起來。丹尼爾只覺得耳朵燙得快要燒掉了。接著凱拉率先發出歡呼，鼓起掌。男孩向所有人微微行了個禮，然後轉過頭，對丹尼爾眨了一下眼。

「別擔心。」男孩伸長脖子，靠向丹尼爾的耳邊，輕聲說。「我不會和你計較這個小意外的。我最著名的特質，就是寬宏大量了。」

說完後，他便伸出一手，抓住了丹尼爾的手臂。丹尼爾下意識地想要甩開他，但是剛才出糗的經歷，使他對於做出任何反應都有了一點疑慮。他自知體重不算輕，他身高將近一百九，還有在健身，身上的肌肉量真的不算少：被他這樣撞翻在地，這人真的沒有受傷嗎？如果有的話，他這樣算傷害罪嗎？他一邊遲鈍地思索，一邊被男孩拉著，和其他舞者一起走到了人群在客廳中間留下的一片空地。

「我不會記仇的，丹尼爾。」男孩對他露出燦爛的微笑。「只是既然你毀了我們本來的開場，我們現在只好換一套表演了。」

丹尼爾瞪視著他勾起的嘴角，以及唇下露出的整齊牙齒。他有些驚訝地發現這傢伙幾乎和他一樣高，他甚至可以平視對方的雙眼。這人的臉，簡直就是最典型的美國甜心：他看起來就像是年輕一點、眼睛大了一點的美國隊長，同樣有著高挺而厚實的鼻子，還有線條看上去十分柔軟的嘴唇。噢，不，他看《復仇者聯盟》的時候，可沒有在注意美國隊長的嘴唇；他是絕不會承認克里斯．伊凡有好一段時間都是他性幻想的對象……

眾人的歡呼聲和如雷般的掌聲硬是把他拉回了現實，他才發現自己不但盯著對方的臉看得出神，而且對方說的話，他一個字也沒聽見。

「——這樣聽起來如何，丹尼爾？」男孩舉起手，在他面前揮了兩下。「哈囉，呼叫丹尼爾，你還在嗎？」

「喔，閉嘴啦。」丹尼爾還來不及阻止自己，就脫口而出。天啊，他真的不能再喝酒了。他媽媽的秘書是怎麼形容潘趣酒的？他現在想不起來了。但他知道她警告過，這種酒不能喝多。嗯，現在想起來，似乎是有點太晚了。

「噢，好凶。真可愛，我喜歡。」男孩很有耐心地說。「我剛才在告訴大家，因為開場毀了，我們只好換另一套表演。但是呢，我會需要麻煩你當我的小道具。你覺得你能勝任嗎？」

「當然不。」丹尼爾反射性地回答，但是一旁的客人們開始鼓譟了起來。不知道是哪個王八蛋開始喊起他的名字，「丹尼爾、丹尼爾、丹尼爾」的喊聲在整個客廳中此起彼落。

丹尼爾的耳朵滾燙不已，他怒視著人群，隨即在人牆的第一排看見了一切的罪魁禍首凱拉。凱拉對他咧嘴一笑，大拇指和食指交叉，比了一個手指愛心。丹尼爾回敬了她一個中指，然後再度看向男孩。「你想要我幹嘛？」

「你不用幹嘛。」男孩說。「你只要站著不動就可以了。」

接著，舞曲的前奏便從舞者們帶來的音響中傳了出來。

男孩把手槍往一旁隨性拋去，其餘的舞者也放下自己原本準備的道具。丹尼爾只能像個傻子般站在原地，對於接下來的事完全摸不著頭緒。他反應遲緩的大腦還在試著推敲等一下會發生什麼，四名舞者就已經開始動作了。他們各自站在他的前、後、左和右，距離他只有不到一個手臂的距離。剛才誤被他攻擊的男孩站在他前方。克里斯瞪視著他寬闊的肩膀，眼神不由自主地順著他的肌肉線條移動；緊身黑衣貼在他的身上，使他的肌肉看起來應該比實際上的更明顯，像是要從布料中繃開似的。

音樂的前奏結束，主拍的第一個節奏一下，男孩的腰便動了起來。丹尼爾的目光不受控制地跳向他的後腰。他不是沒看過人跳舞，但他從來沒有這麼近距離地看著一個真人跳舞，更沒有從後面看過；儘管他也看過各種男人扭腰擺臀的影片，但眼看著這個人就在距離他不到五十公分的地方，他就像是被下了某種符咒似的，視線再也無法從對方的腰臀轉開。他驚奇地發現，男孩的腰和屁股彷彿是可以分開控制的，隨著拉丁曲風的舞曲節奏扭動、搖擺。不妙——丹尼爾腦中的警鈴再度大響起來，看著對方的動作，他腦中開始浮現出此時此刻絕不該出現的畫面了。

丹尼爾硬生生把視線從男孩身上轉開，投向不遠處的凱拉。凱拉和達克站在一起，前者正無比投入地看著表演，配合舞者的動作拍手打著拍子；後者則對上他的視線，雙手微微一攤，露出同情的目光。而他本人呢，則像個天字第一號大白痴，站在四名活力無限的舞者之間，動也不動。

隨著音樂淡出，換成了一首更為抒情嫵媚的曲子，舞者們的動作也隨之放慢，剛才充滿爆發力的舞蹈，被更柔和的肢體動作所取代。丹尼爾眼看著男孩的手，撫過自己的後腦、脖子和胸口，順著腹部來到自己的褲腰。丹尼爾瞪視著他的手。

脫衣舞應該不會直接把手伸進褲子裡吧？這應該不是那種表演吧？丹尼爾的腦中浮現出無數個問號，試圖從記憶中尋找相關的答案，但他旋即想起來，他從來沒有看過真正的脫衣舞，他根本不知道脫衣舞會怎麼跳。

但男孩並沒有把手伸進褲子裡。他只是抓住衣服的下緣，開始隨著節奏一點、一點地往上拉。這時的男孩已經透過走位，來到丹尼爾的右側。丹尼爾強迫自己直視前方。但他的眼角餘光，仍然從鏡框邊緣看見黑色布料下，逐漸出現了淺色的肌膚。丹尼爾深吸一口氣，把尷尬的雙手背到身後，然後仰頭看向天花板。

接著，一隻手攀住丹尼爾的肩膀。丹尼爾倒抽一口氣，一邊暗自希望這麼昏暗的燈光，會沒有多少人注意到他瞬間慌亂的反應。他轉過頭去，卻發現打著赤膊的男孩，一手勾在他的肩膀上，身體優雅而靈巧地貼了上來，開始搖擺。男孩垂著視線，像是在盯著自己的腹部，但他嘴角帶著微笑。然後他抬起眼皮，對上丹尼爾的視線。

丹尼爾感覺到自己的大腦嗡的一聲，突然喪失了思考能力。搞屁？搞屁！現在怎麼辦？他要怎麼脫身？不，他現在更應該要擔心的是，如果他在人家面前產生了他絕對不想產生的反應，他以後該怎麼面對凱拉和達克……

是的，沒錯，儘管他和凱拉與達克當了三年室友，他也還沒有向他們透露過自己的性向。他不打算，就算有也絕不是現在、在這麼多人面前，把這個小資訊公諸於世。在他短短二十一年的人生中，除了他高中時吻過的唯一一個男孩之外，沒有人知道他的小祕密。雖然因為男舞者對著他跳貼舞而產生生理反應，並不一定代表著他是同志，但無論如何，那都還是一件羞恥至極的事。

彷彿是讀到他腦中的想法，男孩一腳跨到他的身前，正好擋住了他的雙腿之間。其餘的三名舞者，也同步圍了上來，分別搭住他的脖子、另一側肩膀，還有他的腰。

丹尼爾皺起眉，突然好想歇斯底里地大笑一番。他默默隱藏在衣櫃裡的這幾年，誰想得到有一天居然會有裸著上半身的火辣男孩貼著他跳舞，而且不是一個、是四個？只不過他一點都不想要讓這些人在他身上跳舞，更不想要在這一堆與他毫無相干的派對男女面前。

觀眾們狼叫著，歡呼鼓譟，舞者們則圍著他，擺出帥氣的結束姿勢。雖然室內空調開得很強，但擠了二十幾人（還是超過三十個？丹尼爾真的不知道凱拉去哪裡找了多少人）的小公寓還是好熱。別說是舞者，就連站著不動的丹尼爾也覺得自己渾身浮起了一層汗水——雖然他流汗的原因並完全不是因為炎熱，但他是絕對不會向自己承認的。

他偷偷瞥了右側的男孩一眼。汗水順著男孩的額角和脖子留下，汗濕的胸口像是上過油一般，在閃爍變換的燈光下發亮。男孩喘著氣，胸膛劇烈起伏，但他仍然掛著一抹微笑，表情看起來輕鬆寫意。感受到他的手指抓著他肩膀的力道，丹尼爾懷疑，那種輕鬆寫意只是營業用的面具罷了。

舞曲正式結束，男孩放開了他，其他人的手也離開了丹尼爾的身體。

男孩往一旁站開一步，和丹尼爾拉開了距離。肯定是血液中過量的酒精在作祟，丹尼爾想，因為男孩的體溫離開他時，他突然湧起了一股懊惱的感覺。

「讓我們感謝丹尼爾。」男孩對他舉起一隻手臂。「他扮演了一個稱職的人形立牌！」

觀眾們放聲大笑，喊著丹尼爾的名字，一邊大叫鼓掌。丹尼爾的臉頰一陣滾燙，推了推眼鏡，希望能用鏡框藏住自己臉上的不適感。

「謝謝你。」男孩對他微微低下頭，行了個禮，然後手掌輕輕搭上丹尼爾的下背，小力但堅定地一推。「那就麻煩你先下去休息囉。我們還有下一段表演要進行。」

「不用你提醒。」丹尼爾咕噥道。他恨恨地想著，這段話他媽的應該要五分鐘前就講的才對。

他擠進人群裡，悶頭朝走廊走去。在他身後，他聽見男孩明明沒拿麥克風，卻仍然響亮的嗓音：

「現在，誰想要找點樂子啊？」

Chapter 02

丹尼爾坐在電腦前，瞪視著螢幕上的教學大綱。文件的標題寫著「流行音樂創作」，下面洋洋灑灑地列出了課程宗旨、每週進度、以及評分標準等等。在唸大學的這三年，丹尼爾從來沒有這麼認真地看過哪一份課程大綱。是，他多少會去看一下考試的時間、計分方式，這樣他才知道自己要花多久時間準備每一次的作業和報告，但也就僅限於此。從來沒有哪一份課程大綱，像現在這份一樣，讓他如此困惑又懷疑。

「流行音樂創作」是這學期新開的課，是他們音樂創作系以前從未開過的全新課程。早在暑假期間，丹尼爾就在系所的臉書社團中，看見學生們在討論這堂課的資訊。據說，這堂課是業界某個資深製作人受到特聘來擔任講師的，丹尼爾也注意過這個名字；他曾為亞莉安娜．格蘭傑製作過專輯，也做過卡蜜拉．卡貝優的單曲，而且這還是他最知名的作品而已。

丹尼爾說什麼都要搶到這堂課的門票，而他也辦到了。這堂課基本上就是他大學三年以來所學一切的綜合體，他學過的所有音樂理論、音樂創作技法、對位法、軟體使用、還有錄音實作，在這堂課全部都會派上用場。這就是丹尼爾選擇違背父母之命，執意要來加州唸書的原因：他想要做音樂，他想要創作。而這堂課簡直就是為了他的夢想而量身打造的。於是儘管這堂課只是選修，他還是在開放課表後的第一天，就立刻把自己選的課寄給了系上的輔導員，也順利地擠進了這堂課裡。

上課的第一天，丹尼爾懷抱著滿心期待，坐在教室的第一排，看著這位打扮俐落簡潔、腳踩設計師皮鞋的製作人，緩緩走進教室裡。

「準備好要來創作一點音樂了嗎？」這是製作人開口講的第一句話。

準備好了，在丹尼爾平靜的外表下，他的內心嘶吼著。我已經等了一輩子了。

只不過，在他拿到了講師發下來的課程大綱時，他卻遲疑了。

只見課程宗旨的欄位上寫了一段短短的文字：「本課程的核心在於，訓練學生製作音樂的基本能力。本課程著重在實作層面，使學生在操作中，習得音樂製作各層面的基礎技巧、應注意之誤區、以及常見錯誤之避免方法。」

什麼鬼？

丹尼爾還沒有搞清楚這段話究竟想要說什麼，製作人便清了清喉嚨。「我知道，這份課程大綱應該讓很多人都很困惑。」他咧嘴一笑。「這也是我第一次在大學當講師，所以我想，我們要一起學習。首先，讓我用一句話總結我們這門課的課程目標。你們可以把課程大綱放下了：那只是學校要求我提交的狗屁而已。」

同學們一陣哄笑，但製作人接下來的話一出口，就再也沒有人笑得出來了。

「在這學期中，我要你們每個人，都製作一首單曲。」

什麼？

丹尼爾的心臟突然重重一跳，心底湧起一股興奮與恐懼交雜的情緒。製作單曲——這是他這輩子的夢想，或者說，至少是他的短期目標。但是在課堂上製作單曲，卻又是另外一回事了。更別提，他做出來的單曲是要給這位大製作人評論的。

「請注意：我說的製作一首單曲，可不只是有旋律和和弦，然後配幾個鼓點的音軌就好了。」製作人進一步解釋道。「我說的單曲，是指像泰勒絲那首〈Blank Space〉、或者像防彈少年團的〈Dynamite〉那樣，可以出現在告示牌排行榜上的單曲。一首完完整整、可以賣錢的單曲。你可以寫純音樂，現在也有許多純音樂的單曲專輯。但我更喜歡有人聲配唱的曲子，畢竟這才是我真正的專長所在，我也才更能在各方面協助你。」

丹尼爾屏住呼吸。他從來沒有寫過一首完整的歌。是的，他寫過許多簡單的歌曲片段，寫過他覺得好聽的前奏和主歌，也寫過短短八小節的副歌。但從前奏、主歌、副歌到間奏，最後把一首曲子完整收尾，這件事他從來沒有做過。重點不是他想不想寫——重點是，他辦得到嗎？

他心底的恐懼感開始蔓延開來，幾乎要將興奮之情吞噬殆盡。丹尼爾感覺到自己的手心發冷，指尖有點顫抖。

這堂課，簡直就是像在檢查他夠不夠格擺脫父母的束縛，走他自己想走的路。要是他在這堂課的作業上失敗了，他就是在向他父母證明，他確實沒有能力、也沒有機會走上音樂製作這條路。他的父母會告訴他「我們早就說過了」，然後把他塞進他一直都無法融入的框架裡，強迫他活成他們想要的樣子。

這個作業應該只是一個作業，這堂課也只不過是選修，被當了也無所謂的那種。但是對丹尼爾來說，這更像是他整個人在這所學校的價值，更重要的是，這是他這個人在自己心中的價值。

這堂課才剛開始五分鐘，他突然就已經開始感覺到壓力了。

他不能失敗。就算無法讓製作人刮目相看，他也至少不能讓他失望。他不能讓自己失望。

「當你們把作業交給我的時候，我要你們把歌曲配上簡單的音樂影片。」製作人繼續說下去。「你們可以選擇做成字幕影片，但我不會推薦這樣做。一首單曲的成功，影片的故事也是非常重要的因素之一。每一張專輯的主打歌，也都會有相得益彰的影片畫面。能夠透過適當的影片來提升聽眾的音樂體驗，是非常重要的技能之一。」

台下的同學之間開始交頭接耳，教室裡的氣氛開始變得緊張而亢奮。

「不好意思，先生。」一名學生舉起手。「如果我們找不到人來拍攝影片，怎麼辦呢？」

「你是說找不到人來當演員？還是找不到人當攝影師？」製作人微微一笑。「很不巧，我剛好認為，每個人都是自己的故事中最好的演員，而你只需要有一支手機、一台腳架，就可以拍攝音樂錄影帶。班上有沒有人是沒有手機的？下課可以來找我。我可以出借公關機讓你們回去拍攝影片。」

學生喃喃說了幾個字，慢慢把手放下。

「這學期總共有十八次上課。我要你們在第十二週前，把影片交給我。剩下的六週，我們會在課堂上一一分析各位的製作成果。請各位放心：『歌聲』不會在我們的評分標準裡。我自己本身就是個爛到有剩的歌手，我不會唱歌，我連中央Do都唱不準。」製作人環顧全場。「但我是一個非常優秀的製作人，我想我可以放心這麼說。我會根據你們製作這些歌曲的理念、技巧、混音的風格、以及其他技術層面，進行分析。學期末時，我會在經過你們的同意後，將我認為優秀的作品，上傳到我的YouTube頻道；請放心，我會清楚標示各位的名字；若被我選中的同學不願意讓我張貼，我也會尊重你們的決定。我不知道……也許，你們之中會有讓我驚艷的黑馬呢。」

製作人的視線轉向丹尼爾，讓他大氣都不敢喘一口。彷彿是感應到丹尼爾緊繃的情緒，他露出淺淺的微笑。

「我很期待這學期和你們合作。」他說，對丹尼爾點了點頭。「現在，讓我們先來看一下今天上課的內容……」

當天回到公寓後，丹尼爾便從系所的網站上，打開了同一份教學大綱，看著第十二週那一欄，用粗體字寫著「單曲繳交」的字樣。

他到底要怎麼樣在三個月內，從無到有，生出一首有詞、有曲、還有影片的完整單曲？

才第一堂課，要退選還來得及，丹尼爾心中有個小聲音這麼說道。但丹尼爾在腦中賞了那個聲音一記下鉤拳，直接將它揮出腦海之外。他絕不容許自己做出這種臨陣脫逃的事。

他不會的。他只是現在不打算面對這件事而已。

不知為何，這堂課讓他突然驚覺，今年就是他在這間大學的最後一年了。等到畢業後，他要何去何從？

他想要做音樂，想要成為製作人。這堂課就像是一個最基礎的門檻，由一名業界的專業人士來評價他夠不夠資格進入這個圈子。如果他過不了這一關，那就一切都結束了。他的父母會逮到機會羞辱他的夢想，讓他覺得自己連曾經懷有這個夢想都是件可恥的事。但真的過了這一關，就代表他有能力在這個產業裡生存嗎？

他低哼了一聲，把電腦螢幕闔上。他向後倒在椅背上，仰頭看著天花板。他聽見了公寓大門打開的聲音，但他決心不要離開自己的房門。凱拉和達克打招呼的聲音從走道的另一端傳來，不過丹尼爾決定假裝沒有聽到。

一分鐘後，腳步聲便來到了他的房門口。「敲敲門，有人在嗎？」

「沒有。」丹尼爾拖著長音回答。

喀的一聲，他的房門便被人打開了。「拜託，丹尼爾，你還在生我的氣啊？」凱拉邊說邊朝他走來。

「沒有。」丹尼爾摘下眼鏡，搓了搓眼角。「誰叫我是個『開不起玩笑的大寶寶』呢？」

凱拉的頭髮和臉出現在他面前。凱拉從他身後把頭探了過來，使她的臉呈現了一個奇怪的角度。

「噢，別這樣，我已經道過歉了嘛。」凱拉走到他的電腦桌邊，一屁股坐在桌面上。「派對結束那天有，這三天也是天天都有，對吧？」

「對，但是那和我要不要原諒妳是兩回事。而且派對那天，那實在算不上是道歉。我那天基本上直接成為全校每個系的笑柄，多虧妳從每個系都找了兩個種子選手來。」丹尼爾指控道。「下來，妳的大屁股會坐壞我脆弱敏感的桌子。」

「閉嘴啦。」凱拉回嘴。「公平一點，丹尼爾。如果你不是打從一開始就排斥我的計畫，然後對我請來的舞者抱有先入為主的敵意，你也不會真的像個海軍陸戰隊一樣把人家壓制在地上吧？」

「哪個正常的脫衣舞男會把自己打扮成入室搶劫的強盜啊？」丹尼爾有點心虛地反擊；他其實不知道正常的脫衣舞男都會怎麼打扮自己。「我只是根據基本的危機意識行動而已。誰知道，也許在另一個平行宇宙，我拯救了全屋子每個人的命呢！」

凱拉翻了個白眼。「那叫做節目效果，超級英雄先生。那是我和他們討論好的橋段，我先偷偷幫他們把門開好……」

「而且妳是不是傻了，才會想要找脫衣舞男來公寓裡表演？」丹尼爾瞪視著她。「你沒有想過，這麼吵的活動，只會引起鄰居檢舉、然後真的報警找來警察嗎？如果不是因為警察認識那個叫什麼的……」

「克里斯。」凱拉挖苦地說道。「那天被你撲倒在地上，差點沒被你的體重壓斷肋骨的可憐人，叫做克里斯。認真說，你什麼時候才要記住人家的名字？好失禮喔。」

不知道為什麼，丹尼爾突然覺得自己的臉一陣微微發燙。「我不需要記住他的名字，我又不會再和他見到面。而且搞不好克里斯根本就不是真名；那些舞男不是都會有花名嗎？就跟A片演員一樣？」他宣布道。「而且妳休想轉移話題。那天要不是『克里斯』向警察保證這裡每個人都成年，我們說不定全部都被帶去做筆錄了耶！計畫出包是一回事，凱拉，真正違法又是另外一回事了，好嗎？」

丹尼爾回想著派對那天；即使是現在，在腦中重現當時的情景，丹尼爾都還是感覺好不真實，好像做了一場荒謬的惡夢。

當他那段令人羞恥的表演終於結束時，他就躲進了房間裡，想要假裝剛才那五分鐘的人生根本不存在。但要不了多久，凱拉就跑來找他「道歉」了——至少根據凱拉的說法，那算是道歉，但在丹尼爾眼中，那就只是在耍無賴罷了。凱拉向他保證大家都只是覺得好玩而已、沒有人在取笑他，而且大家很快就會忘記這一切了，因為人類都很健忘。然後凱拉拜託他不要在派對上擺臭臉，不要讓身為主辦人的她這麼尷尬；面對凱拉的請求，丹尼爾最終還是妥協了。不知為何，他總覺得凱拉就像是他的妹妹，一個做事不顧後果、莽撞至極的妹妹。於是他還是在凱拉的帶領下，回到了客廳裡。

結果所有人一直到派對結束前，都沒有忘記他就是跳脫衣舞的那個丹尼爾；就連那些不認識他的朋友的朋友，現在手機裡都有他像個呆子一樣站在脫衣舞男中、讓他們掛在他身上跳舞的影片。直到散場前，他們都叫他「脫衣舞丹尼爾」，儘管他明明一件衣服也沒脫。

後來等安排的表演都結束，凱拉自己的音樂再度開始播送之後，舞男們也留下來和他們一起玩。根據凱拉的說法，他們今晚的工作就只有凱拉這一場，接下來，他們就下班了。舞男們當然被無知的女孩們包圍著，因為不是每個人都有勇氣真的去俱樂部看他們跳舞，而丹尼爾懷疑，他們在公寓裡的表演，應該已經有特意調整成適合學生們同樂的等級了。

被他撲倒的那個舞男端了一杯酒來「感謝他的配合」，但丹尼爾只覺得自己又被消費了一次。舞男自稱為克里斯，不過丹尼爾對此抱持著懷疑的態度。他反問對方的本名叫什麼，但對方只是咧開嘴，說他的本名就跟惡魔一樣，如果被知道了，他就要被迫現形了。丹尼爾此生最討厭的就是說話這樣不清不楚的人，於是他只是怒視著眼前這個笑容太過燦爛的年輕男人，堅決不要相信他說的任何一句話。

再過了一陣子，警察就來他們家門口敲門了。隔壁鄰居覺得他們的歡呼尖叫太吵，因此通報了噪音檢舉。但是「克里斯」顯然認識上門的警察，他先是和警察寒暄了幾句，說他們只是在朋友家開派對，後來還拿自己的名譽保證（雖然丹尼爾不知道脫衣舞男還有什麼「名譽」可言），這裡每個人都是成年人。警察顯然不是特別相信，不過或許是看在克里斯的面子上，沒有過度深究，只是要他們把音量控制好，以免再有別的警察來訪。

雖然靠著克里斯度過一次危機，但這只是更加深了丹尼爾認定舞男們的生活圈十分複雜的印象。

警察離開後，客人們好像都覺得刺激到不行，覺得今晚有脫衣舞男、又有警察來敲門，簡直就是電影的橋段，因此派對的氣氛更嗨了。丹尼爾只覺得所有人都瘋了，而最瘋的就是凱拉。

在那場派對之後，丹尼爾就整整三天沒有和凱拉說過一句話，不管她怎麼找話題都一樣。被這樣羞辱過後，他覺得，自己生幾天的悶氣應該不為過吧？

「我知道，我知道。所以我不是道過歉了嗎？」凱拉傾身向前，直盯著他的臉。丹尼爾反射性地向後退開，皺起眉頭。「對不起嘛，丹尼爾。我也欠他們一個人情，因為他們那天來我們這表演，是友情幫忙，其實虧了很多小費。」

「那不就好可憐？」丹尼爾瞪了她一眼。「講得好像他們虧了小費是我的錯一樣。」

「不，我只是說，他們那天來，也只是幫了我一點小忙，他們不是來賺錢的。事情出了差錯，都是我的責任。」凱拉認真地說道。「我害他們被你攻擊、害你被叫上台丟臉、還有警察的事，都是我的計畫不周。」

丹尼爾面無表情地看著她。「繼續說。」

「所以我想要請你大人有大量，別生我的氣了啦。」凱拉瞪大眼，擺出難得無辜的表情。「而且你想想，今年那是最後一次的收假派對了。明年我們就要畢業，不會再有這種派對了。你不覺得這也是個有趣的回憶嗎？」

「妳少打悲情牌。」丹尼爾翻了個白眼，然後挫敗地嘆了口氣。「妳出去啦。我已經聽完了，也知道了，好嗎？」

凱拉咧開嘴。「所以這代表你願意和我說話了嗎？還真快。我還以為要費我更多唇舌呢。」

「我願意跟妳說話，不代表我就原諒妳了，白痴。」丹尼爾回嘴。

凱拉從他的桌子上跳了下來，拍了拍他的肩膀。「但你一定願意原諒炸雞囉？」她向門外打了個手勢。「來啦，我買了福來雞的炸雞桶。全美國最好吃的雞柳條！呀呼！」她一邊歡呼，一邊離開了丹尼爾的房間。

丹尼爾搖了搖頭，推開椅子，站了起來。

「我還沒有打算要原諒妳！」他對著凱拉的背後喊道。

凱拉的手掌出現在丹尼爾的房門口，然後對他亮出了一根中指。

Chapter 03

「丹尼爾，寶貝！」電話才剛接通，凱拉的聲音就從另一端直衝丹尼爾的耳膜。「救我！」

丹尼爾昏昏沉沉的大腦像是被人用指甲刮過一般，尖銳的聲響使他突然起了一陣雞皮疙瘩。他一個翻身，差點從床上滾下來。

「啊？什麼？」丹尼爾瞇著眼，手忙腳亂地抓緊手機，問道。「妳到底在哪裡啊，凱拉？」

「我在俱樂部！」凱拉急切地說道。「我現在就需要你！快來啊，丹尼爾！」

「什麼俱樂部？」

丹尼爾的睡意還未褪去，大腦運轉的速度還跟不上凱拉的話語。他隱約聽到凱拉和什麼俱樂部有關來著，但他現在只想繼續打盹……

「我在A區！A區俱樂部！」凱拉的聲音激動地嚷嚷。「我打工的地方？記得嗎？」

對喔。凱拉工作的那間脫衣舞男俱樂部。A區俱樂部。他怎麼會忘呢？

不過現在更重要的是，凱拉又惹上什麼麻煩了？

「搞什……」丹尼爾從床上坐了起來。「我現在出門。」

雖然滿腹疑問，但丹尼爾還是從床邊桌上摸索到自己的眼鏡。凱拉的聲音聽起來激動不已，彷彿深陷什麼險境，但如果真是有立即的危險，她應該要報警，而不是打電話給他吧？丹尼爾抓起自己披在椅背上的襯衫，往他睡覺時穿的鬆垮T恤外一套，然後隨便從衣櫃裡翻了一條老舊的棉褲，急急忙忙穿上後，就抓著車鑰匙和錢包衝出房門。

「嘿，兄弟，你要出去啊？」經過達克的房門時，他的室友拉起了耳罩式耳機的一側，回頭對他喊道。達克正在看著某個女歌手演唱會的影片，跟著音樂搖頭晃腦著。他總是稱呼那個歌手為「他的老婆」。

「對，凱拉好像惹上麻煩了。」丹尼爾跑到公寓門口，一邊套上運動鞋，一邊說。「天知道她又幹了什麼好事。等我找到她，我一定要踢她屁股！」

「麻煩？」達克拉下耳機，來到自己的房門邊，探出頭來。「我要跟你一起去嗎？」

「應該不用。」丹尼爾說。「我先去搞清楚她是怎麼回事。如果有需要我會直接打給你。」

「好喔。」他打開門時，達克在他身後喊道。「小心點！」

「我會的。」丹尼爾回答。不過若真出了什麼事，他想他應該會先打給警察。

隨著他的車越接近俱樂部，丹尼爾就越發覺得忐忑不安。他不斷在腦中想像自己待會可能會看見的畫面，但他所有想到的場景都是電影裡的樣子：凱拉被綁在一張椅子上，雙手反折在身後，在嫌犯的威脅下打電話給他，要求他不准報警，而是……而是什麼？他能給對方什麼凱拉給不了的東西？這麼想下去好像更奇怪了……

終於，他的車在俱樂部後方的停車場停了下來。作為一個販售酒精飲料的地方，這裡預留的停車位還真是挺多的。停車場的周圍是毫不起眼的圍牆，將俱樂部與兩側的建築隔絕開來。這間俱樂部位於市中心——這麼說起來，能在這麼昂貴的地方租到停車場佔地面積這麼大的店面，似乎也說明了一些什麼。丹尼爾好奇洛杉磯警察每晚在這裡可以開出多少張酒駕的罰單。丹尼爾從停車場中走出來，沿著側面的窄巷走到建築物的正面。窄巷的垃圾箱散發出的氣味，使整件事感覺更不祥了。

丹尼爾站在門前的階梯上，瞪視著深鎖的黑色雙扇門。門片上頭鑲著巨大的「A區」標誌，正對著丹尼爾的臉。所以他現在應該要敲門？還是按電鈴？這裡有電鈴可以按嗎？

就在丹尼爾認真地搜索起按鈕或對講機時，大門的另一側發出了一陣金屬碰撞的聲音。接著大門打開了一道窄縫。

「靠！」

凱拉蒼白的臉從門縫中透了出來，使丹尼爾忍不住咒罵了一聲。凱拉的臉上畫著濃豔的妝，眼皮塗滿了深色的眼影，她本來就深邃的深色眼睛因此而顯得更為神祕，看起來甚至有點邪門。

「快，快點進來。」凱拉伸出一隻手，一邊把門拉得更開，一邊把丹尼爾扯了進去。

門在丹尼爾身後碰的一聲關上。

丹尼爾的眼睛花了一點時間才適應昏暗的室內。他在凱拉的帶領下穿過門房的區域，也就是檢查人們身分與蓋入場手章的地方，然後推開一片厚重的布簾，進入了有舞台與座位的表演區。

丹尼爾目瞪口呆地看著眼前高聳的舞台，以及延伸的舞台上三根矗立的鋼管。這一切就像是許多電影裡都出現過的場景——脫衣舞孃會在鋼管前扭腰擺臀，隨著音樂聲，身上的布料會越來越少……

但是此刻這裡一個人也沒有。或者說，一個觀眾也沒有。除了他和凱拉之外，吧台還有一個調酒師和幾名服務生，此時他們正用奇怪的眼神打量著他。考量到他穿著老舊紅格子襯衫與可悲的棉褲，這好像也沒什麼好意外的。這裡的服務生們都穿著極短的短裙和低胸襯衫，凱拉也不例外，克里斯瞥了一眼她露出的乳溝，忍不住對她的穿著皺起了鼻子。

「凱拉，妳找我來到底是為什麼？」他被凱拉抓著手臂往前疾走，一邊質問道。「妳出了什麼事？」

此刻他心中充滿了衝突的情感。儘管腳步十分匆忙，但凱拉看起來沒有受到任何立即的威脅，這使他鬆了一大口氣；但他又開始隱約覺得有些不安。如果凱拉沒出意外，那麼她找他來的目的是……？

「舞男們剛才在說，好像其中一個叫伊曼的舞者，和這裡的DJ尚恩起了一點衝突。」凱拉看也不看他一眼，只管繼續往前走。「所以現在，尚恩直接曠掉了晚上的班，不打算過來啦。」

「所以？」丹尼爾說。

接著他突然感到腸胃一陣緊縮。噢，不。這聽起來很不妙。

「所以……」凱拉帶著他來到舞台側邊的一道窄階梯旁，然後轉過頭來看著她。她的表情有點心虛。「我算是自告奮勇地提議，你可以過來幫忙救場。你知道，畢竟上次是我欠他們人情……」

「什麼？」他有聽錯嗎？丹尼爾愣了兩秒，直瞪著眼前的凱拉。「妳在跟我開玩笑嗎？」

「丹尼爾……」

「不，妳到底在想什麼啊？」丹尼爾不知道自己現在該做何表情。凱拉欠那些脫衣舞男人情是她的事，她怎麼會拉丹尼爾來還？「先別提我根本沒有當過DJ混音，為什麼是我……」

凱拉一臉驚恐地正準備張嘴說些什麼，突然，從舞台的階梯上傳來一聲歡呼。

「嗚呼！救星！」

丹尼爾反射性地朝著說話聲的方向看去。就在黑暗的後台布簾後方，克里斯那張既陌生又熟悉的面孔探了出來。他看見丹尼爾時，臉上便出現了如陽光般的笑容。他的頭髮此刻正綁成一個小小的馬尾，垂在後頸，而丹尼爾此時不太確定自己究竟該轉身逃走，還是乾脆就地死去比較好。

克里斯三步併作兩步地跳下了階梯，來到丹尼爾面前，張開雙臂。「我們的好朋友凱拉說你是音樂系的學生，所以你現在就等於是我們的救世主彌賽亞。」他用著像是在評論天氣般尋常的語調說道：「所以，你對於舞曲有什麼研究嗎？」

丹尼爾怒瞪著凱拉，但是女孩只是有些心虛地眨了眨眼睛，一句話也沒說。丹尼爾氣急敗壞地嘆了口氣，轉向克里斯。

「聽著，我不知道你們到底以為音樂系是什麼學系，但是我們沒有教人使用夜店器材，好嗎？」丹尼爾沒好氣地說道。他只有使用過一次音控台，而且那還是大一的時候一場系上發表會的彩排。那已經是兩年多前的事了。而且天知道，搞不好夜店用的音控台跟學校的本來就不一樣。

「那我建議你別浪費時間了，快來和它培養一下感情。」克里斯仍然掛著十分悠哉的微笑。

丹尼爾開始懷疑眼前這人已經以營業用笑容示人成習慣，以至於他都忘記自己還有別的表情可用了。

他一把抓住丹尼爾的手腕，拉著往樓梯上走。丹尼爾下意識地想要甩開他的手，但克里斯的手勁意外地強——或者其實丹尼爾根本沒那麼想甩開他？這念頭使丹尼爾忍不住對自己氣惱了起來。凱拉跟在他身後，低聲說了一句「對不起」。

「妳完蛋了，凱拉。」丹尼爾回頭對她私聲說道。「回去之後妳就知道了。」

說實話，他還真不知道自己能對凱拉怎麼樣。儘管他現在覺得自己的頭蓋骨都快燒焦了，但他打從心底知道，他其實最多也就是像上次那樣，無視凱拉一個星期而已。對身為獨生子的丹尼爾來說，凱拉和達克大概是他最接近手足的存在了。凱拉身上有一種魔力，或者說，他就是拿凱拉沒輒。

凱拉咋了咋舌，對他擠眉弄眼了一番。

在克里斯的帶領（拉扯）下，丹尼爾與凱拉來到舞台的一角。

幾個舞男正站在音控台旁，低聲討論著什麼。看見克里斯和丹尼爾時，他們的視線便全部轉了過來。

「這就是我們的寶貝。」克里斯指著眼前像是怪物一樣的巨大音控台，輕鬆地說道。「從現在到開場前，還有四個多小時，你可以好好認識它一下。」

「什麼？不！」丹尼爾推了推眼鏡。他的額頭和鼻翼已經開始出汗了，使他的眼鏡不斷下滑。「我說了，我根本不會用這個東西！」

他的視線落在音控台的介面上。放眼望去，一排排旋鈕和滑軌令他有些頭暈目眩——鬼才知道要怎麼操作這個怪物。但待他更仔細地看了看那些指令後，他意識到，或許他還真的能夠摸索出一些東西。

這和他平時在使用的電子編曲模擬器有著類似的名稱。各種合成器、變音和錄音功能，以及音軌，其實都和他平常創作時所使用的混音器差不多。

或許……他還真的能搞出一點名堂。

「拜託了，我們臨時真的找不到別的DJ來幫忙。」克里斯在一旁，用更為認真的口氣說道。丹尼爾的目光回到他臉上，發現他臉上那抹令他想揍人的微笑消失了。他的藍眼睛認真地望著丹尼爾的雙眼，輕聲說。「我們會付你薪水的，如果你在擔心這個的話。你會領駐場DJ一場表演的費用。我老闆不會在這種事上小氣。」

「我不在乎那個。」丹尼爾僵硬地回答道。

他確實不在乎那筆錢，他更在乎的是自己的不熟悉可能會搞砸一切。他的自尊心在這種事情總是有著奇怪的堅持：儘管這不是他的工作，而且他這輩子也就只會在這裡表演這麼一次，但是丹尼爾的自尊心卻不容許他出醜。或許是因為對方對他音樂系學生的身分有所期待，也或許是因為這是凱拉欠對方的人情，丹尼爾此時更害怕的是自己無法順利做出符合眾人期待的表現。

「如果他真的辦不到，也別勉強。」另一名舞者在一旁說道。「我們可以拿之前預錄好的音樂來撐著就好？」

或許他的用意是要替丹尼爾解圍，但這句話卻在丹尼爾心中造成了另一種效果。他不容許有人當著他的面說他辦不到，絕對不行。

「那也至少要有人在這裡幫忙更換音檔，還有淡入淡出。」克里斯回答。他看向丹尼爾。「這樣你應該沒問題，對吧？」

丹尼爾做出決定了。他要接受這個挑戰。

「我可以混音。」他像是賭氣般說道。「這和我平常用的電子模擬器很像。我可以辦到。」

「你確定嗎？」克里斯挑起眉。「我可不希望在表演途中音樂突然出包。」

這句話使丹尼爾不知怎麼地怒火中燒。「嘿，聽著，一開始是你們找我來的，對吧？」他質問。「如果你們不相信我，那你們就找凱拉幫你們換音樂好了。她是政治系的高材生，我相信四個小時內，她可以學會要怎麼切換音檔和淡入淡出的。」

「等等，我……」凱拉焦急地插嘴。

但接著，克里斯的嘴角就拉出了一個大大的弧度。「噢，丹丹，別這麼激動嘛，我是開玩笑的。」他對丹尼爾伸出一隻手。「我相信你。」

「別那樣叫我。」丹尼爾直覺地回嘴。

「丹丹」？克里斯把他當成什麼了，小狗還是小貓嗎？

但克里斯的手還堅定地停留在半空中，於是丹尼爾心不甘情不願地和他握了握手。克里斯的手指細長，但力道卻很大。而且手背的皮膚很光滑。丹尼爾在腦中暗自咒罵了一聲，阻止自己注意這種無聊的小細節。

「呃，所以。」他硬生生地收回手，插進口袋裡，然後轉身走到音控台前。「你們今天表演的曲目是什麼？」

*

事實證明，丹尼爾的確會使用音控台。接上了耳機之後，看著眼前的介面，他一邊回想著自己電腦中的模擬器，一邊開始嘗試各種功能。克里斯簡單地將今晚的表演順序告訴了他，分別是幾個人的獨舞，還有三場不同舞者組合的群舞。舞者表演的部分只會有一個小時，丹尼爾也不需要特別針對中間的休息時間編排音樂，只要放他們預錄的舞曲、讓觀眾們在舞池中自己跳舞就行了。

丹尼爾研究著電腦中的各種音檔，一一打開，透過監聽耳機欣賞著音樂。不得不說，這裡的器材還真是高級。光是這副監聽耳機，就是丹尼爾一直在觀望，卻遲遲沒有下手的高階款。並不是他沒有錢——錢對他來說一向不太是問題——而是他一直在懷疑自己的耳朵會不會糟蹋這副耳機。但現在使用過它之後，他開始擔心自己無法再安於自己家裡的那副老夥伴了。它的細節豐富度使他驚豔不已，他甚至覺得自己能聽見正版音檔中，吉他錄音的琴弦晃動。

就在他摘下耳機，認真地檢查它的型號時，他突然意識到，有人就站在距離他不遠的地方。丹尼爾抬起頭，赫然發現克里斯正拿著手機對著他。

「你在幹嘛？」丹尼爾錯愕地瞪大眼，然後反射性地對著鏡頭伸出手。「別拍了。你就沒有別的事情可以做嗎？你們不用彩排還是什麼的嗎？」

「你知道，因為今天DJ曠班，我們今天打算讓步調輕鬆一點。」克里斯聳聳肩。「和大家打個招呼吧，丹丹。你現在在做什麼啊？」

「等等，你在開直播嗎？」丹尼爾立刻用一隻手臂遮住自己的臉。要是他的同學們有人碰巧在看克里斯的直播，又看見他在音控台前面工作的樣子，這下他可是跳到黃河都洗不清了。「你不能這樣，我還是學生，他們不可以看到我在夜店工作的樣子！」

但他就算在夜店裡工作又怎麼樣呢？他腦中有個小聲音，無辜地說道。他年滿二十一歲，在夜店裡打工完全是合法的。或者他只是在意這裡是脫衣舞男俱樂部，而基於各種原因，他不想讓別人知道他和這個地方有任何瓜葛……

「放輕鬆啦。」克里斯笑了起來。「我沒有開直播，我只是錄影。」

「這樣聽起來沒有比較好。」丹尼爾怒視著他和他的鏡頭。「而且，這有什麼好錄的？」

克里斯聳聳肩，但沒有在丹尼爾的抗議下收起手機。「我喜歡攝影。搜集素材。我喜歡想像，有一天我會拍一支屬於自己的紀錄片、或是電影什麼的。」

「請不要讓我出現在你的影片裡，謝謝。」丹尼爾回答。

「那得看我想做的影片主題是什麼了。」克里斯輕鬆地說。「如果我有天心血來潮地想剪一支『脫衣舞男的工作危機』，你很有可能就會成為其中一個案例。」

克里斯回想起暑假結束時那場悲劇式的派對，瞬間只覺得耳根發燙。「等等，那天派對你有錄影？」天啊，讓他死了吧。讓他直接就地死去，等一下他們的表演就會直接開天窗，這樣也不枉費他的死亡了。「把你的手機，還是攝影機交出來，刪掉那個影片！」

「首先，我有一個問題。」克里斯說。「你怎麼會認為，被你這樣威脅之後，我就會乖乖把影片交出來？而且你甚至連威脅都還稱不上呢。」

丹尼爾氣急敗壞地瞪視著他，在腦中拚命搜索，但讓他氣惱的是，他的確不知道該怎麼威脅克里斯。

「我可以跟你買……」丹尼爾脫口而出。

「噢，等等。」克里斯舉起一隻手。「我不是八卦小報的攝影師。我不出賣我拍攝的影片，至少不是像這樣賣。」

儘管很不爽，丹尼爾還是得承認，這句話聽起來還挺像樣的。這是一個創作者該有的心態——不隨意賤價出售自己的作品，就算還只是素材的階段，那也是他用心搜集來的。沒有人有權奪走他的創意。

但是，如果這個創意今天包括了未經他同意的肖像使用，至少他可以要求對方把他的臉打上馬賽克吧？

丹尼爾的表情大概看起來十分糾結，因為克里斯「哈」地笑了一聲，對他眨眨眼。「我在跟你開玩笑，丹丹。那場派對是私人場合，我的道德感還沒有那麼低下。」

丹尼爾瞪視著他。「天啊，真是多謝你了，混蛋。」

「然而。」克里斯對他伸出一隻手指。「我現在依然還在錄影。對鏡頭笑一個吧，丹尼爾。」

這次丹尼爾不再試著反唇相譏，而是直接亮出了自己的中指。

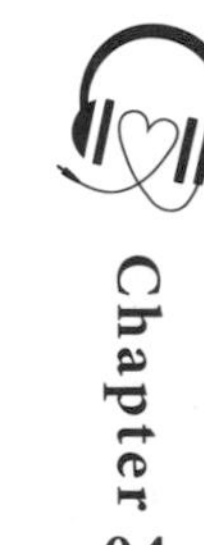

Chapter 04

「再過五分鐘就要開放客人入場了。」克里斯爬上階梯，來到音控台旁邊，拍了拍丹尼爾的肩膀。「你的狀況怎麼樣？」

他的說話方式好像丹尼爾已經在這裡當了幾個月的DJ了一樣。丹尼爾瞥了他一眼，從他的碰觸下微微躲開。這傢伙有什麼毛病？他為什麼就一定得對人動手動腳？

「我正準備要出這輩子最大的糗，你覺得怎麼樣？」丹尼爾喃喃回答。

他頭頂上反戴著一頂黑色的帽子，口鼻則用一條帶著紅色花紋的黑色手帕遮住了。這是他強烈要求不要在DJ台上露臉後，克里斯為他弄來的道具。他本來還擔心這條手帕會有讓他生不如死的味道，但它卻意外地散發著一股洗衣精的柑橘清香。

他回頭瞥了一眼後臺。木門虛掩著，但他隱約可以看見裡頭赤裸著上身的舞男們正在打鬧、談笑。如果不說他們現在正在市中心最大的夜店裡，就算告訴他這些人都是附近社區大學的學生，他也不會感到意外。丹尼爾的視線又回到身旁的克里斯身上，並不以為然地皺起鼻子。幸好他的大半張臉都被手帕給擋住了。

克里斯身上只穿著一件沒有釦子的前開式背心，下半身穿著經過特別設計的牛仔褲，大腿兩側都有暗釦，只需一個動作就能將褲腿的部分全部脫掉，只留下褲頭與腰帶。那件背心完全無法遮住克里斯的腹肌和胸肌線條，使丹尼爾的視線像觸電般彈回克里斯的臉上。

「別這麼說嘛，丹丹。」克里斯笑了起來。「你會沒事的。剛才最後一次彩排的時候，我覺得很不錯。」

丹尼爾聳聳肩。「我不想讓我的教授們丟臉。」

「嗯，你開始讓我相信，學歷真的有點用處了。」克里斯一本正經地點點頭，但丹尼爾聽不出這句話究竟是不是在挖苦。

後台的木門打開，其中一名舞男的手從門內伸了出來，對克里斯揮了幾下。「別再打情罵俏了，克里斯！要準備開場啦。」對方對著丹尼爾咧開嘴。「沒有冒犯的意思喔。」

克里斯回了對方一個中指，然後對丹尼爾說：「別聽他胡說八道。但我該走了，待會就交給你啦。別緊張，你做得到的。」

「你擔心你自己就好。」丹尼爾反射性地回嘴。

克里斯對他眨了眨眼，接著便小跑著往後台離開了。

丹尼爾深吸一口氣，打開他剛才編輯的一小段入場音樂。這只是很簡單的一組鼓聲和帶有一點異國風味的八小節旋律，是丹尼爾根據他們今晚的表演曲目即興寫出來的，不過當他在彩排時播給舞男們聽的時候，這為他換來了一連串的口哨與小小的歡呼聲。不得不說，這使丹尼爾的自尊心得到了不只一點點的滿足。

表演區的光線暗了下來，只留下幾盞小燈。丹尼爾屏住呼吸。

他將鼓聲的部分拉大，像他想像中夜店的效果那樣，讓每一個重音彷彿都能震動觀眾們的五臟六腑。

過了幾分鐘，觀眾席便幾乎擠滿了人。從DJ台的位置看去，人潮甚至把座位區的桌椅都給擋住了。人聲與音樂混雜在一起，吧台的地方也開始忙碌起來。丹尼爾試探性地把鼓聲音量調低，又丟了幾個效果音進去。各種管樂所組成的主旋律，配上電子的裝飾音，丹尼爾意外地發現，舞台前排已經有幾個女孩，開始隨著音樂搖擺了起來。

他又嘗試加入一組低音貝斯的和弦。觀眾席不知道是誰「唷呼」地喊了一聲，接著，觀眾席便像是成了一個超大的舞池，人們跳起了自創的舞步，就算沒有跳舞的人，也跟著音樂開始擺動著身體。丹尼爾的音樂就像是某種魔咒，充斥著整間俱樂部，接觸到的每一個人都無法擺脫這道咒語的魔力。

這樣的經歷對丹尼爾來說還是頭一遭：這是他第一次在這麼多的觀眾面前，親自展示他所創作的音樂。

這和系上的演奏會、或是派對上播放自己音樂清單的感覺完全不同。

這是「他的」音樂，是「他」帶給觀眾這樣的影響力。或許這裡的觀眾只不過幾百人，卻是他擁有過最多的聽眾，而且不是由同學、親友或教授所組成的一次表演。他沒有想過，觀眾隨著他的音樂起舞，居然能帶來一種幾乎使他上癮的感覺。

接著，帶來微弱光芒的小燈，也全部都熄滅了。丹尼爾知道這暗示著舞男的表演準備開始。入場音樂逐漸淡出，直到完全靜止下來。觀眾席也隨之陷入沉默，但是空氣中，卻瀰漫著一股像是電流般緊繃而興奮的氣息。

舞男的表演，和彩排時的感覺很不一樣。丹尼爾不確定是因為燈光，或是因為觀眾；但他懷疑後者的影響更大。有了觀眾的尖叫聲，以及空氣中瀰漫的酒氣，舞台彷彿被一股神祕的磁場所籠罩。就連丹尼爾的視線都不由地被舞台中央的舞者們所吸引。

舞者們的表情，像是他們真心陶醉在舞蹈與燈光之中。不知道為什麼，但有那麼幾刻，丹尼爾甚至產生一種錯覺，好像脫衣舞成了舞蹈的次要部分，只是其中幾個必要的舞步而已。舞者們強而有力的動作與肌肉線條，在舞台魔幻的光線交織下，幾乎就像是一場充滿深度與能量的藝術表演。就連他們與觀眾帶有性意味的互動，在表演的過程中，好像也突然只是藝術與觀眾產生連結的一個橋樑罷了。

丹尼爾幾乎要忘了，彩排時，自己還擔心會忘記曲目的順序或編排；現在正式開場之後，他才發現，這一切彷彿都有一股無形的力量在推著他、推著音樂和舞蹈前進。他所要做的，就是順水推舟而已。

舞台的燈光再度熄滅。

接下來的曲目是一首拉丁文的舞曲。舞台的燈光變成了藍色與紫色。這是換克里斯登場的暗示。

在丹尼爾的注視之下，克里斯來到舞台中央。他頭上戴著一頂紳士帽，身穿輕便西裝外套，扣好的前襟遮住了裡頭煽情而暴露的服裝。他低垂著頭，閉著雙眼，像是一尊雕像般站立在舞台上。

歌手磁性的沙啞嗓音和簡單的旋律走了四個小節，丹尼爾便照著原本的編曲，加入了第一組鼓聲。

彷彿是被按下了某種開關，克里斯的頭倏地抬起，睜開了雙眼。

克里斯柔軟而圓滑的舞步，和丹尼爾那天在自家的派對上所看見的大不相同，甚至也和彩排時所跳的不一樣。他的動作嫵媚，關節柔軟，儘管從丹尼爾的角度，他可以看出對方是用了多大的力量，才能將自己的動作控制得如此到位。

他看著克里斯的手解開了西裝外套的釦子，一個漂亮的轉身，便將外套甩到了舞台一側。他漂亮的腹肌與手臂肌肉暴露在燈光之下，使丹尼爾不由地感到臉頰一陣灼熱。他彷彿又回到了公寓的客廳，看著眼前令他困窘不已的演出，卻無法控制自己的大腦產生最不應該的聯想。

突然，克里斯的視線朝他的方向掃了過來。克里斯一手壓著紳士帽，半張臉被帽簷陰影所遮蔽，但丹尼爾還是能看見他的雙眼。他的藍眼睛被光線照成了神祕的紫色，他揚著下巴，嘴角帶著淺淺的微笑。

丹尼爾的雙眼和克里斯對視。那一刻，他突然覺得音樂和觀眾的尖叫聲都消失了。整個舞廳彷彿只剩下他和克里斯兩人。

克里斯對他聳起眉，嘴唇微啟。接著他的舌尖竄了出來，緩緩地舔過自己上唇的輪廓。

丹尼爾只感覺到自己全身的血液往下腹衝去，使他的腸胃一陣收縮。他瞬間忘了自己身處何處，這一刻，他只是慌忙地想要找東西遮住自己不合時宜的生理反應。

——碰！

鼓聲發出了突兀的巨響，幾乎把音響給震破。接著音樂便不自然地中斷，切到了一首完全不一樣的曲子。

丹尼爾渾身一顫，突然從像是被催眠的狀態中驚醒。台上的克里斯瞪大雙眼，有些錯愕地看著他。雖然他的舞步沒有停下來，但他的動作還是突兀地震了一下，變得有些遲疑。

丹尼爾的腦子一陣發熱。深吸一口氣，他強迫自己聽著音樂，在內心數起拍子。升調、鼓點、降速、淡出——然後再度接回原本的舞曲。

觀眾席發出一陣驚呼，或許以為這是特別製作的舞台效果——但只有丹尼爾知道，那是他犯下的錯誤。他的臉頰一陣灼熱，他可以感覺到，自己在手帕下吐出的氣息也變得滾燙。他急忙將音樂調回原本的狀態，但他心跳在耳裡怦怦作響，幾乎要蓋過現場的音樂。

他倒抽一口氣，咬了咬牙。

要命，他剛才到底在幹嘛？

先別提克里斯或許只是故意要作弄他，他自己只不過是被某個脫衣舞男拋了個媚眼，他怎麼就失手把音樂搞砸了？就算觀眾沒有發現，但後台的舞男和克里斯一定都知道是怎麼回事。

太丟臉了。

丹尼爾繃緊下顎，強壓下自己內心那股莫名的搔癢感。

接下來的表演，沒有再出任何差錯。克里斯的獨舞順利結束，不過丹尼爾仍感到有些挫折。挫折、以及不安。

當克里斯接受完觀眾的喝采與小費，準備往後台前進時，他在DJ台旁邊稍做了一下停留。

丹尼爾怒視著他。「幹嘛？」他在手帕後方低聲說。

「剛才分心了，喔？」克里斯勾起嘴角，微微一笑。

「滾啦。」

克里斯沒有多說什麼，只是拍了拍丹尼爾的胸口，使他恨不得鑽進DJ台下方的音箱裡。

＊

工作結束時，丹尼爾只覺得暈頭轉向。

這是他第一次這麼長時間地站在夜店裡，他的腦子感覺快要被所有的音樂和人聲給攪成一鍋粥。他不禁讚嘆起舞廳裡的觀眾們；他們為什麼有辦法從九點入場，一路跳舞到半夜兩點？他們都不會累嗎？他們都不會覺得頭痛嗎？

他現在只覺得雙腿痠痛，腳底發麻。他只想要找地方坐下，最好再喝個酩酊大醉，這樣他就可以把剛才出糗的原因給忘得一乾二淨。

看在上帝的份上，克里斯只不過是舔了嘴唇而已。而丹尼爾卻像是天字第一號大蠢蛋（和處男）一樣看傻了眼，還差點用鼓聲震破觀眾的耳膜。

乾脆把他活埋在俱樂部的舞台裡好了。

俱樂部的保全將最後的顧客送出大門後，燈光便再度亮起。丹尼爾瞇起眼，讓自己適應突如其來的光線。他拆下綁在後腦的結，將手帕丟在音控台上，然後挫敗地吐出一口長氣。

後台的門打開，舞男們魚貫地從休息室中走了出來。丹尼爾一眼就瞥見了克里斯綁在腦後的小馬尾，便立刻轉開臉。他的眼角餘光看到克里斯正朝他的方向走來，便開啟DJ台旁邊的電腦螢幕，假裝自己正忙著處理什麼音檔。

「下班啦，DJ丹丹。」克里斯的聲音在他耳邊響起。

儘管心中有個聲音尖叫著警告，丹尼爾還是忍不住向一旁退開一步。「我知道。我只是……」他只是想要裝忙，好讓克里斯趕快走開而已。

他抬起眼，有點擔心克里斯會帶著責難的表情。他已經在內心準備好一套自我捍衛的說詞了——雖然他覺得他犯錯的部分，無論如何都沒有藉口。但他卻有些驚愕地看見克里斯帶著笑意的雙眼。

「幹得好。」克里斯對他露出微笑。「臨機應變的反應挺快的嘛。」

克里斯已經穿上了普通的衣服，一件簡單的白T恤和深藍色牛仔褲。但合身的T恤，正好顯示出克里斯肩膀的寬度，以及胸肌的形狀。

「那是因為……」丹尼爾吐出一口氣，接著他來不及阻止自己，就脫口而出：「還不都是你的錯。」

他半期待著克里斯會裝傻、蒙混過關，但克里斯只是帶著歉意點點頭，抓了抓自己的髮尾。「我知道。是我不好。我知道這是你第一次站DJ台，我不該開你玩笑的。」

面對克里斯的道歉，丹尼爾反而不知道該說些什麼。

「是沒關係。」他有些僵硬地回答。「但是我搞砸了表演。」

「沒什麼。如果真有觀眾在 Google 評論給我們負評，我們只要把這歸咎到硬體問題上就好。」克里斯擺了擺手。

丹尼爾小心翼翼地看著他。「好喔。」

如果克里斯拿他的反應來取笑他，他發誓他會直接逃出俱樂部。但克里斯只是露出燦爛的笑容。

「現在我們把這件事說開了……」他伸手對著吧台的方向比劃了一下。「介不介意和我喝一杯？」

「但是我今天是開車來的。」丹尼爾回答。「我還要開車回家。」

「嗯，關於這點。」克里斯思索了一下。「你有三個選項。一，讓凱拉幫你把車開回去，然後你等一下叫 Uber 回家。二，你把車留在這裡，等一下叫 Uber 回家，然後明天我下班後把車開去你家。三，酒駕，並冒著要被吊銷駕照的風險。你覺得如何？」

丹尼爾瞪視著他。「你是認真的嗎？」

「沒有比現在更認真的時候了。」

兩人沉默地對視了一會。最後，丹尼爾氣急敗壞地嘆了口氣，掠過克里斯身邊，悶頭走下舞台的階梯，找到正靠在吧台邊和調酒師聊著天、一邊清理著檯面的凱拉。

「丹尼爾，寶貝。」凱拉對他咧開嘴。「真想不到，你居然還有這種才華。」

「閉嘴啦，我被你害慘了。你應該要感謝我還把妳當成姊妹，不然我發誓這是我最後一次幫妳收拾爛攤子。」丹尼爾瞪了她一眼。

「對不起嘛，親愛的。」凱拉說。「我知道你幫了我一個大忙。我欠你一次。」她擺出她最真誠、最無辜的表情，對他眨了眨眼。

「所以我現在需要妳幫我把車開回家。」丹尼爾說。

「什麼？」凱拉微微皺起眉，好像沒有聽懂丹尼爾在說什麼。

不知為何，原因似乎令丹尼爾有些難以啟齒。「我……」他囁嚅了一陣，然後低聲說了一句：「那個舞男——克里斯——留我下來喝酒。」

凱拉眨了眨眼，隨後露出了一個心知肚明的微笑。「噢，好唷。那有什麼問題呢，丹尼爾。我當然可以幫你把車開回家了。」她瞥了調酒師一眼，對方則像是在說「我什麼都不知道」般舉起雙手，然後轉過身。

把這句話說出口之後，丹尼爾才意識到他留下了多少想像空間。但是凱拉不會知道的，對吧？他還沒有向凱拉或達克出櫃過，雖然他懷疑在今晚之後，凱拉大概也不需要他出櫃了。

「不……靠，等等，不是妳想的那樣。」丹尼爾的臉色一紅，急忙想解釋。

「記得不要太晚回家喔，丹尼爾。」凱拉莊嚴地點點頭。「作為你姊姊，我還是會擔心的。」

「我不是——」

「別說了，我知道。」凱拉對他眨眨眼。「現在，你到旁邊去吧。我要趕快打掃完、趕快回去了。」

接著她拿起抹布對著丹尼爾揮了幾下，丹尼爾便無奈地轉過身。

他的鼻子差點撞上克里斯的臉。

他咒罵一聲，向一旁彈開。克里斯大笑起來，向調酒師要了兩瓶比利時黑啤酒，並將一瓶遞給丹尼爾。接著，他揚了揚下巴，示意丹尼爾跟他走。

兩人來到座位區角落的一張桌子和高腳椅旁。克里斯熟練地一腳跨了上去，丹尼爾則小心翼翼地爬上椅子。

「認真說，今晚謝謝你了。」克里斯對著丹尼爾舉起酒瓶。

丹尼爾有點遲疑地跟上他的動作。「其他人怎麼說？」他問。「他們……對我出錯的事有什麼看法？」

「噢，他們才不在乎。」克里斯揮了揮手，一邊從酒瓶中喝了一大口。「他們知道是我惹出來的——相信我，他們已經在後台教訓過我啦。」

不知道為什麼，這句話並沒有安慰到丹尼爾。他只是悶頭喝了一口啤酒，默不做聲地點點頭。

「而且最大的問題，還是出在伊曼身上。」克里斯搖搖頭，竊笑起來。「凱拉有跟你說嗎？他和我們的DJ尚恩起了點衝突，所以DJ今晚就罷工了。」

「嗯，我略知一二。」丹尼爾瞇起眼。克里斯的反應讓他不禁懷疑，這個伊曼和DJ尚恩的關係，是不是他所想的那樣……？

「老闆叫他不管用什麼辦法，自己去把尚恩找回來。」克里斯說。「所以……希望你只需要救場這麼一次。」

「老闆？」丹尼爾差點被自己嘴裡的啤酒嗆到。「你們的老闆剛才也在場嗎？」克里斯聳起眉。「什麼？當然啦。她幾乎每天表演都會到場，在休息室裡面看著。」

「那她……有說什麼嗎？」事實上，丹尼爾更想問的是：她有沒有想要把我拖出去殺掉？

「噢，這個嘛。」克里斯說。「她的原話是這麼說的：『有點生澀，但是可造之材。』事實上，她還想問你要不要來這裡打工。」

這句話使丹尼爾鬆了一口氣，同時感到有些飄飄然。

「如果是打工當舞男，那就不用了，謝謝她的好意。」他還來不及阻止自己，就脫口而出。

「你確定嗎？舞男的小費不錯喔。」克里斯瞥了他一眼，語調中立地說。「而且，我還可以教你跳舞。」

丹尼爾這下是真的嗆到了。他腦中浮現克里斯跳舞的模樣，一邊摀著嘴咳個不停，一邊慶幸自己漲得通紅的臉還有藉口可以掩飾。要命，丹尼爾，你冷靜一點，他在腦中命令自己。不要表現得像是犯花痴的高中女生一樣啊。

「說到這個。」克里斯從牛仔褲的口袋裡掏出自己的皮夾。「這是今晚的酬勞。我也不知道要怎麼樣讓這部分不那麼尷尬，所以不如就早死早超生吧。」

丹尼爾看著推到他眼前的一百塊美金紙鈔，有些彆扭地說了一聲「謝了」，然後便把錢收進了襯衫的口袋裡。

「不論如何……」克里斯的上半身向前傾，手臂靠在桌面上，對丹尼爾露齒一笑。「今天真的多虧了你。凱拉也是看在我的分上才回去找你幫忙的。老實說，我沒想到……」他彈了彈舌頭。「——沒想到音樂系的學生真的能做好DJ的工作。我一直以為音樂系都是比較古典的那種，你知道，像是蕭邦啊、莫札特啊、或是貝多芬。」

「音樂系還有很多事是你不知道的。」丹尼爾翻了個白眼。

「你讓我大開眼界了。」克里斯掏出自己的手機，放在桌面上。他戳了螢幕幾下，叫出一段影片。「你看，這是你在舞台上的樣子。」

雖然他很不想面對自己的拙樣——哪個DJ上台表演的時候會穿棉褲和格子襯衫啊？——但丹尼爾還是忍不住看了下去。

這是克里斯從後台的方向拍的，因此只有拍到丹尼爾的右後側。從螢幕上看不見丹尼爾的表情，但他可以看見自己的頭和身體正隨著音樂的節奏而擺動——在舞台上時，他自己卻一點意識也沒有。

「你看起來超陶醉的。」克里斯說。「感覺你天生就是要玩音樂，你知道嗎？你在舞台上，看起來玩得很快樂。」

「可能燈光夠暗也有些幫助。」丹尼爾承認道。「看不到台下觀眾的臉，你就會比較不緊張。」

「沒錯。」克里斯贊同地說道。「在學舞的時候，老師也是這樣告訴我們的。『你要想像台下的人全部都是西瓜』。」

「我不知道我有沒有辦法對著西瓜跳脫衣舞就是了。」丹尼爾回答。

克里斯大笑了起來。「這就是脫衣舞男的祕密啊。我們全都是可以對著水果跳艷舞的神經病。」

丹尼爾發現自己的嘴角也忍不住上揚。或許是因為酒精的關係，又或許是因為經歷了一整晚高壓的表演，他現在覺得自己有些輕飄飄的，像是在做夢一樣。克里斯對他說話的態度，像是認識他很久的朋友一樣，丹尼爾也不由地被他燦爛的笑容給吸引。

噢，這樣可不妙……

丹尼爾的心臟怦怦跳了起來。

「這個影片可以傳給我嗎？」他聽見自己這麼問道。

「當然。」克里斯說。「你的電話號碼給我。」

丹尼爾大腦中比較理智的部分告訴他，對方並無他意，但他仍然覺得這個對話就像是小說中老掉牙的搭訕場景。他默默地在克里斯的手機裡輸入自己的電話號碼，幾秒鐘之後，他的手機就震動起來，提醒他收到了一支影片。

「謝了。」他有些含糊地說道，然後把酒瓶底部的最後一口啤酒喝完。

「小事。」克里斯說。「我欠你一次人情，丹尼爾。很大的人情。如果你有什麼需要，盡量找我，我隨時待命。」

他很想回說他不需要幫忙，但接著，或許真的是因為酒精的關係，他的大腦像是被打開了某種開關，一個異想天開的念頭閃過了他的腦海。他猶豫一下，然後開口：「你說你喜歡攝影嗎？」

「對。」克里斯回答。「剪一些短片、做簡單的音樂影片之類的。我幫尚恩自己寫的幾首歌剪過影片，那大概是我目前最為人所知的作品吧，哈。」

丹尼爾覺得自己的腦子一陣發燙。也許明天早上，他就會後悔自己的提議了，但今晚在俱樂部裡，一切都彷彿像是被某種魔力所掌控著，包括他自己……

「事實上，你或許真的可以幫我一個忙……」

Chapter 05

丹尼爾把車停進家庭式餐館的停車場，但遲遲沒有下車，只是在駕駛座上坐著。現在才早上九點，家庭餐廳要十一點半才開始營業；四周一個人也沒有。這間餐廳位於住宅區中，也許是因為上班時間的關係，社區寂靜得一點也不像是在洛杉磯。根據克里斯的說法，他平時白天是在這間餐廳當店員，下班後才會去俱樂部跳舞。但現在，丹尼爾十分懷疑，自己是不是被連環殺人犯騙過來，很快就要成為下一個受害者了。

他再度點開手機裡的對話訊息，瞪視著螢幕。

前一天晚上，克里斯確實給了他這間餐廳的地址，訊息裡也清清楚楚地寫著早上九點見。不過丹尼爾開始有點猶豫要不要離開現場。

上週在俱樂部幫忙救場之後，他在酒精的催化下——沒錯，他決定把所有問題都推到酒精上，儘管他知道一瓶啤酒對他根本連微醺都算不上——要求克里斯幫他完成流行音樂創作的單曲作業。但他可能只是因為聽到克里斯替DJ剪過音樂錄影帶，就有點興奮過頭了：他怎麼會忘記，要讓對方幫他拍攝影片，就勢必得和對方分享他所創作的音樂呢？

這對丹尼爾來說，就像是要分享他的日記一樣私密、而且難為情。

他的手機中存了幾首開學以來所寫的詞曲試聽帶，但全都還是初步的構想，有些歌詞只有一半、有些則只有副歌的旋律。他不太知道自己今天究竟要和克里斯討論什麼——他根本沒有這種經驗。他的創作向來都只是為了他自己高興，還有他在YouTube上小小的頻道：他在頻道中從來沒有露過臉，每部影片都只有視覺化的音頻而已。他還沒有習慣與人分享他的創作，並不是他不想，而是他還沒有做好心理準備。

但他現在真的要像個詞曲創作者和製作人一樣，和一個影片導演討論他的歌曲理念和畫面呈現；這對他來說，似乎越級打怪得有點過頭了。

也許這就是製作人講師想要他們從中學習的東西：離開舒適圈，把自己的創作提升到另一個層次。不再只是為了個人的樂趣而作，而是要成為其他人能有所共鳴、有所感觸的作品。

他不知道自己準備好了沒。

車窗上傳來清脆的敲打聲，使丹尼爾在座位上跳了一下。他僵直地轉過頭，看見克里斯正在窗外，面帶微笑地看著他，一綹金髮從他的額頭上垂了下來，在臉頰邊輕輕搖擺著。

丹尼爾一咬牙，把手機塞進口袋裡，並將車子熄火。管他的，既然製作人要他們像個製作人一樣，做一首能夠賣錢的單曲，那他就要像個製作人一樣地把這件事做好。

「早安啊，丹丹。」克里斯站在車頭邊說道。停車場中出現了一輛剛才還不存在的腳踏車，就停在路燈柱的旁邊。

「早安。」丹尼爾下意識地把眼鏡推回鼻梁上，儘管它本來就在正確的位置上了。「你騎腳踏車來的嗎？」

「對啊。我去俱樂部也是騎腳踏車。」克里斯邊說邊甩了甩手上的鑰匙串。「在俱樂部那種場所上班，開車就不是個好選擇。」

丹尼爾點點頭。「可以想像。」除非他想要把當天領的所有小費都貢獻給酒駕的罰單。

他跟著克里斯來到餐廳的側門。克里斯打開了狹窄的防火門，微微傾身行了一個禮。「你先請。」

「好吧，這感覺超像連續殺人魔犯案前的標準流程。」丹尼爾咕噥道。

「噢，你說得對。」克里斯莊重地回答。「我不但要宰了你，還會全程錄影。」

丹尼爾把差點脫口而出的「變態」一詞嚥了回去，只是不以為然地瞥了他一眼，並看見克里斯沾沾自喜的竊笑。

還沒有開始營業的家庭餐廳悶熱不已，九月的洛杉磯氣溫還是很高，透過玻璃門鎖照進來的陽光，使餐廳內感覺像個溫室一樣。克里斯熟練地打開餐廳的大燈和空調，並把餐台上方的霓虹燈也打開。

「隨意坐吧。」克里斯一邊忙碌一邊回頭對著丹尼爾喊道。「你要坐在地上我也不介意的。」

丹尼爾找了一個靠窗的沙發位坐下。經典的紅色皮革沙發散發著熱氣，丹尼爾把襯衫的袖子捲了起來。他打開手機裡的錄音檔，滑過自己的試聽帶，一邊猶豫等一下要讓克里斯聽哪幾首。

「想喝點什麼？」

丹尼爾抬起頭，看見克里斯已經換下了自己身上的太空總署T恤，穿上餐廳醜陋的直條紋制服，頭上也戴著黑色的貝雷帽。

「呃……」

「黑咖啡、無酒精飲料……或者你想要現在就開始喝啤酒也沒問題。」克里斯對他眨眨眼。「然後，你想要吃早餐嗎？」

「不，謝了。」丹尼爾趕緊拒絕。儘管他現在對克里斯的感覺已經不像一開始那麼抗拒和懷疑，但他們也還不算是朋友，而和克里斯坐下來一起吃早餐，感覺實在有點太像朋友了。不，他今天是來談正事的。「我喝黑咖啡就好，謝謝。」

「好吧，那就一杯黑咖啡。」克里斯聳聳肩。「我只想讓你知道，我有員工餐的福利。這裡的藍莓鬆餅很好吃喔，真心不騙。」

說完，克里斯就作勢轉身離去。而丹尼爾還來不及阻止自己，就聽見他的聲音說道：「好吧，那就一份藍莓鬆餅。」

說他心意不堅定也好，他就是很難拒絕他人的好意——尤其當他知道對方確實沒有其他意圖，只是在展現友善的時候。儘管丹尼爾平常看起來像是個永遠的反對黨，或是懷疑主義者，但那只不過是他阻止自己變成一個濫好人的手段而已。

克里斯對他露出陽光般的笑容。「沒問題。藍莓鬆餅馬上就來。」

十五分鐘後，丹尼爾的面前多了一盤擠了鮮奶油、配上薯條和炒蛋的藍莓鬆餅，還有一杯凝結著水珠的冰咖啡。不得不說，克里斯沒有騙人：這裡的藍莓鬆餅真的很好吃。

「好啦，作曲家。」克里斯一邊咬了一口自己面前的蛋捲，一邊對丹尼爾說。「我們有什麼好音樂可以利用？」

「嗯……」丹尼爾囁嚅了一會，然後說：「首先，這些歌都還只是初步的草稿而已，我還沒有寫得很完善；然後……」他不知道為什麼覺得自己好像有義務先解釋這些，或許他只是不希望克里斯抱有太高的期待，最後才發現他根本就不是個有才華的創作者。

「沒關係。」克里斯保證道。「我也還不知道要拍怎樣的影片。如果聽了你一部分的歌，想了一點畫面，你可能就會有把歌曲完成的其他想法了。」

丹尼爾聳聳肩。他不確定這種事情是怎麼運作的，但是他突然湧起一股對自己作品的捍衛之情。如果克里斯批評他作的詞曲……

克里斯對他腦中這些亂糟糟的想法渾然不知。他只是用紙巾擦了擦手和嘴角，然後指了指丹尼爾的手機螢幕。「可以讓我看看嗎？」

丹尼爾默默地把手機推到克里斯面前。

手機揚聲器中傳來丹尼爾有些生澀的嗓音，以及他用電子鍵盤敲打出的簡單樂聲。丹尼爾小心翼翼地看著克里斯低著頭、聽著音樂的模樣。克里斯的頭輕輕搖擺著，跟隨音樂的節奏打著拍子，表情中立，丹尼爾猜不透他對這些歌曲有什麼想法。

十幾分鐘過去，克里斯把所有的歌都聽過一輪之後，終於抬起眼。丹尼爾忍不住屏住氣息，準備好承受克里斯的評論。

「嗯……」克里斯像是在斟酌著用詞般，緩緩說道：「聽起來都很不錯，有點像是尚恩．曼德斯和一世代的綜合體？」

丹尼爾聳起眉，不確定這是誇獎還是批評。他只知道，克里斯的語氣暗示著他還沒有說完。

「但是？」他催促道。

「我比較喜歡〈熱帶花園〉和〈追逐星辰〉這兩首……」克里斯滑著他的手機螢幕看歌名，偶爾播出幾首的開頭，幫助自己回憶。接著，他的手突然停了下來。「丹尼爾，這首是什麼？」

丹尼爾皺了皺眉。「什麼？」

他傾身向前，伸長脖子，看了看克里斯所指的那個檔案。那是整個資料夾中最底部的一首曲子，歌名只寫了「未完待續」。丹尼爾一時之間還沒有反應過來，只覺得腦中有一點模糊的印象……

「不行。」丹尼爾脫口而出。

這個回答使克里斯愣了愣。或許他的口氣突然變得有點太過強硬，或者他有點太急迫了，反而顯得更加可疑，但丹尼爾當下實在顧不了這麼多——那首歌根本不應該出現在這個資料夾裡。他是怎麼把它存進來的？他以為他已經檢查夠多次了。

「抱歉，那是很隱私的東西嗎？」克里斯說。「如果你不想的話，我就不聽。沒關係的。」

丹尼爾猶豫著，不確定自己該怎麼回答。他大可直接告訴克里斯，那首歌並不是他為學校作業而寫的，但他腦中的某個部分，卻意外地蠢蠢欲動著。

那是丹尼爾寫過的曲子中，他最得意、完成度最高，卻也最不想讓其他人聽見的歌。如果要說他的作品就像是他的日記，那麼這首歌就是他的日記中最私密、最脆弱，也最貼近他內心的部分。

他還沒準備好讓其他人窺伺這個部分。就連他自己都還沒有準備好。

「不，只是……」丹尼爾謹慎地說道。「我還沒有給任何人聽過這首歌。你看曲名也知道，這還只是個構想而已。我甚至不知道我會不會把它寫完。」

克里斯點點頭。「那麼，我可以聽聽看嗎？」他問。「如果你不希望我對它發表任何想法，我可以理解。有些創作並不需要別人的意見，你只是寫給自己的。而我只是好奇而已。」

丹尼爾緊盯著克里斯的雙眼。他臉上沒有平時無所在乎的微笑，雙手交握在桌面上，表情一片真摯。丹尼爾的內心有兩個聲音在衝突著。就讓他聽聽看啊，其中一個聲音說。也許他會理解。另一個聲音則說：那又怎麼樣？我們不需要他的理解。

第一個聲音勝出了。

如果他以後的夢想是做音樂，那他終究要讓其他人共享他的創作。而他確實希望有更多人能聽見、甚至欣賞他的歌。那麼，他何不試著和眼前這位既像是陌生人、又不完全陌生的男孩分享看看？

「好吧。」丹尼爾簡短地點了一下頭。「但就像我說的，它還不是非常完整。所以……」他的話音漸落，並將雙手一攤。

「我保證不會批判你。」克里斯像是在發誓般莊嚴地說。

眼看克里斯的指尖在螢幕上點了點，丹尼爾再次屏住呼吸。

簡單的鋼琴前奏從揚聲器中傳了出來。克里斯用唇語說了一聲「哇喔」，並對丹尼爾揚起眉。但丹尼爾沒有出聲，只是等著音樂繼續播下去。

你不知道
你不知道我想要吻你
每時每分每秒
我想要品嚐你　吞噬你
將你裝進瓶裡　再一口喝下
你不知道
你不知道在黑暗的電影院裡
我差點就牽了你的手
如此貼近　近在咫尺
你手背散發的溫度
刺激著我的皮膚
你不知道
我並不願意　但我愛上了你

你不知道
我還想要繼續愛你　但我得先愛自己

鋼琴的最後一個音符也結束時，克里斯和丹尼爾兩人都沒有說一句話。過了幾秒鐘，克里斯才吐出一口長氣。丹尼爾默默地盯著他的臉，等待他開口。

「我不知道耶，丹尼爾。」克里斯對上他的視線。他的表情嚴肅至極。「我覺得這首歌已經很完整了。」

「然後？」丹尼爾幾乎是挑釁地問道。

「然後……」克里斯垂下目光，然後再度看向他的臉。「靠，丹尼爾。你如果不打算把這首歌拿出來做完，我發誓，我會白掏腰包把它買下來，然後送去給尚恩做。」他不可置信地搖著頭，瞪大雙眼。「你為什麼不願意用這首歌？它應該找個專業的錄音室錄完、然後上傳到 YouTube 播給全世界聽的。」

丹尼爾懷疑地看著他。「你是這麼想嗎？」他說。「我不覺得它有這麼好。它只是……我無聊的時候寫的一首歌而已。」

或者說，它是他在高中畢業時，因為自己喜歡上某個直男同學、卻又無法坦白自己心意而寫的歌。就是這麼老掉牙的故事。丹尼爾並不打算和克里斯講這個故事，至少不是現在——幸好克里斯也沒有問。

「嗯，至少我覺得它絕對不是一首無聊的歌。」克里斯看起來似乎有些欲言又止。「丹尼爾，這是不是……」

丹尼爾非常希望自己沒有臉紅。事情已經夠難為情了；他也覺得自己今天已經揭露了足夠的隱私了。

「我不會回答你的問題，不管你想要問什麼都一樣。」丹尼爾回答。「就這樣。」

克里斯抿起嘴，猶豫一會之後，點了點頭。他眼中閃過的那一絲光芒是同情嗎？丹尼爾盡可能不著痕跡地嚥了一口口水。那肯定是同情。

他在想什麼？他寫的還不夠明顯嗎？他怎麼會蠢到預期克里斯會聽不出他這首歌在唱的是同志喜歡上直男的無奈心情？

丹尼爾突然覺得全身冷汗直流。他沒有向達克和凱拉出櫃過，在他們認識的這三年時間中從來沒有，但他現在卻透過一首自己寫的蠢歌，向一個他只見過兩次面的脫衣舞男——一個或許是直男、又或許是同志的脫衣舞男——出櫃了。

要死，丹尼爾，他在心中咒罵道。在他需要腦子的時候，它究竟跑到哪裡去啦？

「好吧，很公平。『作者已死』，對吧？」克里斯微微一笑。「你是把這首歌留給我自己去做解讀了。」

丹尼爾只是聳了聳肩。

「那……」克里斯滿臉期盼地看著他。「我們可以做這首歌嗎？拜託。我覺得我已經知道要拍什麼了。我腦子裡現在已經有一整部的微電影了。」

丹尼爾的眼神在克里斯眼中搜尋著。不知道為什麼，他覺得克里斯的眼神，似乎也想要從他的眼中找到些什麼。他不由地垂下視線，看著面前已經涼掉的早餐餐盤。最後，他挫敗地吐出一口氣。「我猜，可以吧。」

「太好了，丹丹。」克里斯向後靠在椅背上，平時燦爛的笑容再度回到他的臉上。

丹尼爾懷疑地看著他。「我不確定……」

「但是我很確定。」克里斯打斷他，並指了指桌面。「現在，吃完你的早餐，然後給我兩天的時間。準備讓你的老師刮目相看吧。」

聽著克里斯充滿信心的話語，丹尼爾卻不知道自己現在該哭還是該笑。

他本來預想的只是一支簡單的影片，也許就在學校和附近的街道拍幾個畫面就可以解決的。他原本甚至想的也不是這首歌。這一切都和他想的不一樣。

不知道為什麼，丹尼爾的腸胃一陣糾結，心底湧起一股不祥的預感。

Chapter 06

「哇喔，你再說一次。我有聽錯嗎？」凱拉不可置信地瞪大雙眼。「你現在要和那個脫衣舞男克里斯出去……拍電影？」

丹尼爾翻了個白眼，在內心第一百次咒罵自己的愚蠢。他是哪根筋不對了，為什麼要對凱拉提到克里斯的名字？

原本慵懶地躺在沙發上，一邊唱著歌、一邊看八卦雜誌的凱拉，此刻已經坐直身子，把雜誌丟在一旁的空位，表情中除了驚訝之外……為什麼她看起來更像是興奮？

丹尼爾不喜歡最近凱拉對他的態度。嚴格說起來，凱拉其實也沒有什麼改變，她本來就與他和達克沒有什麼距離感和界線可言。但自從上次他要求凱拉把他的車開回家、而他留下來和克里斯喝酒之後，凱拉每次和他說話，似乎都會有點意有所指。但丹尼爾決心不要戳破這件事；如果凱拉的態度只是他多心了，那他的解釋反而是不打自招。

「我已經說過了，他答應要幫我拍音樂錄影帶——因為上次我去幫他們救場的關係。」丹尼爾瞪了她一眼。「就是被你騙去的那一次。」

凱拉就像是沒有聽見他說的後半句話一樣。「你們的感情什麼時候變得這麼好啦？」她聳起眉，露齒一笑。「上次我看到的時候，你不是還懷疑他『私生活不單純』嗎？」

「我們並沒有『很要好』，好嗎。」丹尼爾氣急敗壞地解釋道。「我們只是要合作拍一部幾分鐘的短片，公事公辦，僅此而已。而且我也沒有懷疑他私生活不單純。我只是說，脫衣舞男感覺生活圈『可能比較複雜』。」

「意思差不多嘛。」凱拉聳聳肩。接著她的視線掃過丹尼爾的身子，彈了彈舌頭。「而且，你是不是比較認真地打扮過了？」

丹尼爾身上穿著一件深藍色的襯衫，配上淺色的牛仔褲，腳下踩著一雙乾淨的Air Force。他得親自下場擔任演員，他當然得穿得比較認真一點了。他可不希望讓全班同學和製作人講師看見他穿著拖鞋的邋遢模樣。此外，儘管他的頭髮短得沒有任何造型可言，但他還是在換衣服前洗了頭。至於眼鏡……丹尼爾決定，眼鏡就是他個人造型的一部分，就算看起來像是書呆子也一樣。

對，他知道他似乎有點太勞師動眾了；他感覺並不像是要去工作的，而是……

「你看起來就像是要去約會一樣。」凱拉毫無遮攔地說道。然後她指了指沙發旁的邊几上，那個裝了許多保險套的紙盒。「你要不要帶個保險套和潤滑液出門？你知道，以防萬一？」

幸好此時達克正在自己的房間裡打著電動，否則丹尼爾不敢想像他聽到這番話後，會露出怎樣驚愕的表情。凱拉倒是直直地盯著他的雙眼，一點迴避的意思也沒有。事實上，她的表情幾乎像是在挑戰他。

——就差臨門一腳了，你什麼時候才要承認？

「我要遲到了。」最後，是丹尼爾先一步撇開視線。他轉過頭，把根本沒有下滑的背包背帶重新拉了兩下，然後快步離開了家門。

關上公寓大門前，他覺得自己還可以感覺到凱拉的視線落在他的背上。

＊

「你確定這樣真的沒有關係嗎？」丹尼爾一邊跟著克里斯往前走，一邊壓低聲音問道。

兩人腳下踩著電影院閃閃發亮的地磚，清脆的腳步聲在耳邊迴盪。白天的電影院沒什麼顧客，但不知道為什麼，這反而使丹尼爾感到更緊張了。

「安啦，我可是有買票的。」克里斯對他眨了眨眼，亮出手中的兩張電影票。「我只是拜託我的好姊妹安珀借我們一個影廳拍片，而且最好只有我們兩個人而已。」

克里斯的肩上扛著一個看起來十分承重的背包，丹尼爾不確定裡面有什麼東西。

他自己的背包裡只裝了一個平常去健身房時用的水壺。當克里斯提議他們去電影院拍攝第一個場景時，丹尼爾以為他指的是電影院外面。但待他們在劇院前會面後，克里斯卻逕直走向售票亭，和染著一頭鮮艷紅髮的女孩打了個招呼。

丹尼爾完全不知道發生了什麼事，只看見克里斯掏出十塊錢，買了兩張電影票，然後女孩便帶著他們走進了電影院裡。

「沒錯。」頂著火紅短髮的女孩走在兩人前面，回過頭來，對他們眨眨眼。「你們只要保證不會拍到螢幕的畫面或外流，就什麼都好說。」

「萬一有人跑進來，看到我們的腳架怎麼辦？」丹尼爾懷疑地問道。

克里斯看了安珀一眼，然後對丹尼爾勾起嘴角。「那我們最好祈禱不要有人進來。」

「可是……」

丹尼爾還想要繼續抗議，但安珀隨後就在其中一個影廳前停下腳步。

「這部電影是德國拍的藝術電影，你知道，有上字幕的那種。」她向兩人說道。「距離電影結束還有一小時左右。不管你們要在裡面幹嘛，你們只有一小時，聽懂嗎？散場的時候，你們一定要出來，否則我的麻煩就大了。」

「別擔心，姊妹。」克里斯點點頭。「我欠妳一個大人情，愛妳唷。」

「對，你最好。」安珀翻了個白眼，但嘴角露出的微笑卻騙不了人。

丹尼爾正準備對他們的打情罵俏翻白眼，克里斯就推了推他的肩膀。「你在等我幫你開門嗎，丹丹？」他咧開嘴。「進去吧，我們可沒有一整天時間。」

黑暗的影廳裡，唯一的光源只有螢幕。觀眾席上一個人也沒有。丹尼爾有些困窘地站在門邊，轉向克里斯。「好吧，所以現在呢？」不知道為什麼，儘管在這裡他不會打擾任何人，但丹尼爾還是不自覺地壓低了聲音。

「現在？我們來拍片啊。」

克里斯用奇怪的眼神看了他一眼，然後往中央的座位區走去。

丹尼爾默默地跟在他身後。

克里斯選定了其中一排座位，並把背包放在前一排的椅子上。他從背包裡拿出了兩組腳架，開始熟練地組裝起來。丹尼爾有些彆扭地把背包放在克里斯的行李旁，然後看向他。克里斯將其中一組較小的腳架裝好後，便放在前排座位的椅墊上，開始調整高度。

「借我你的手機。」克里斯突然回過頭來，對丹尼爾說道。「我需要一個光源。」

丹尼爾掏出手機，遞給他，並看著克里斯點了螢幕兩下，打開了手機的手電筒功能。接著，克里斯又把另一組較高的腳架放到他們現在所站的座位走道上。

「借過一下，好嗎？」

「抱歉。」

丹尼爾向後退，直到自己的小腿頂到坐墊，讓克里斯從他前面擠了過去。他看著克里斯單膝跪在地上，把腳架的平衡調整好，然後把自己的手機裝了上去。雖然現在應該是認真辦事的時刻，但他的目光卻忍不住一直被落在克里斯臉龐的金髮所吸引。和丹尼爾正好相反，克里斯看起來完全知道自己在做什麼。

接著他轉向丹尼爾。丹尼爾這才意識到，他盯著克里斯工作的樣子，竟不小心看得出神了。丹尼爾向後退了一步。清醒一點，丹尼爾，他告訴自己。你不是來約會的，傻子。

「你就坐在那張椅子上。」他伸手指揮道。

丹尼爾照著他說的話做下。手機的光線從他的右前方照著他的臉。

克里斯蹲在手機後面看著螢幕，一邊調整雲台的角度，一邊觀察螢幕上的畫面。過程中，他偶然抬起視線，當他和丹尼爾對視時，他的眼睛便彎起了微笑的弧度。

丹尼爾的心臟突然用力一跳。他立刻轉開視線，把眼鏡推回鼻梁上，然後轉向眼前的電影畫面。螢幕中的角色說著他聽不懂的德文，但他卻分心得沒有辦法同時讀螢幕上的字幕。

不知道過了多久，克里斯的聲音愉快地從他的左側傳來：「這樣應該就沒問題啦！我們來試試看。」

接著，克里斯便小心翼翼地繞過腳架，來到丹尼爾左邊的座位上坐下。他轉過頭，看向丹尼爾。

丹尼爾突然湧起一股非常不自在的感覺。在空無一人的影廳，只有他們兩人並肩而坐。這和先前在他公寓裡的舞蹈、或是在俱樂部舞台上的表演，感覺都大不相同。此刻，克里斯甚至不是在演出。他只是穿著舒適的棉麻襯衫和牛仔褲，一派輕鬆地坐在丹尼爾身邊。

「怎樣？」丹尼爾有點太用力地問道。

「在這裡，我們要拍三個畫面。」克里斯說。「第一個，我們就一起看電影。一邊看電影，你一邊偷瞄我的臉。你能做得到嗎？」

「我猜可以吧。」丹尼爾咕噥道。

不知道為什麼，被克里斯這樣一說，丹尼爾突然覺得連看他一眼的動作，都變得有些僵硬不自然。他深吸一口氣，決定先專心在電影螢幕上。

克里斯在他身邊低聲哼起歌。丹尼爾沒有聽過那首歌的旋律，不過他還是反射性地微微側過頭，瞥了他一眼。克里斯沒有任何動作，嘴唇也沒有移動，只是繼續哼唱著。又過了一小段時間，他才轉過來，對丹尼爾咧嘴一笑。

「剛才那樣應該就不錯了。」克里斯從座位上站了起來，走到腳架旁，蹲下身檢查拍到的畫面。一會後，他滿意地點點頭。「沒錯，剛才那是個好鏡頭。」

他再度調整了一下手機相機的設定，然後回到丹尼爾身邊。

「好，現在我們來拍第二個畫面。」克里斯說。「記得你自己的歌詞裡寫到，你不敢碰他的手、但是心裡其實很想嗎？」

「他」？丹尼爾倏地瞪大雙眼。他怎麼知道他在歌詞裡指的是「他」，而不是「她」？

但克里斯只是挑著眉，等著他的回答。現在可不是嚇壞的好時機和好場合。他硬是把胸口那股驚慌的感覺吞了回去，點點頭。

「很好。那就是我們要拍的第二個畫面。」

丹尼爾覺得很不妙。「所以我要……？」

「你想要牽我的手，但是你不敢。」克里斯笑了起來。「當然，這只是為了拍攝而已。你並不想牽我的手，也不會冒犯到我的。」

「我並不是……」丹尼爾張口結舌，不太確定自己到底要說什麼。「我沒有不想……」靠，他可不可以閉嘴就好了？

克里斯哈哈大笑。「沒事的，我懂。這只是拍戲而已。」

丹尼爾吐出一口長氣。不管是不是拍戲，他都覺得渾身燥熱不已，只是因為不同的原因罷了。

於是他們再度看起電影。丹尼爾緊盯著螢幕上的字幕，看也不敢看克里斯一眼。他們兩人的手臂靠在扶手上，兩人的手臂只有不到兩公分的距離。

「你覺得很緊張。」克里斯低沉的聲音，緩緩從一旁傳來。「你的手離旁邊的人好近。你的心跳加速。你只要稍微動動手指，就可以勾到對方的手指了。」

丹尼爾不由自主地看向他們並排的手臂。不知道為什麼，克里斯說的那句話，使他突然一陣頭皮發麻，汗毛直豎。

「動動你的手。」克里斯輕聲說道。「你想要勾住我的小指，但是又怕我會甩開你。」

丹尼爾屏住氣息。他的手彷彿被克里斯催眠了一樣，擺脫了他的控制。他近乎著迷地看著自己的手指輕輕擦過克里斯的指關節，然後像觸電一般縮回了原位。克里斯動也不動，一句話也沒說。丹尼爾坐在座位上，渾身僵硬，大氣都不敢喘一口。

不知道過了多久，克里斯向前傾身，拍了拍手。

「幹得好啊，丹丹。」他轉過頭來，對丹尼爾露齒一笑。

丹尼爾終於吐出一口長氣。

克里斯再度檢查了剛才拍出的畫面，然後發出一聲歡呼。「再拍最後一個鏡頭，我們就可以收工啦。」

「最後一個要拍什麼？」丹尼爾問。

克里斯沒有回答他。他只是拿起腳架和手機，重新擺放在前排的椅子上。他把腳架擺在丹尼爾的右前方，再度調整起螢幕上的設定。

丹尼爾用狐疑的眼神看著他回到身旁的座位上。

「好吧，最後這個鏡頭——」克里斯拍了拍自己的大腿，像是要揭露什麼不可告人的祕密一般，認真地看著丹尼爾。「我要拍接吻前的畫面。」

「什麼？我才不要！」

丹尼爾的腦子嗡的一聲，變得一片空白。他的臉頰一陣滾燙，幸好他們現在是在電影院裡，相對黑暗的環境才不會完全出賣他發紅的耳根。

不，他才不要吻克里斯，就算是作勢也不行。這樣會出賣太多他不想透露的訊息，雖然他忍不住覺得，他早就已經暴露太多了。

「噢，丹丹，別這樣。你反對得這麼直接，讓我有點受傷耶。」克里斯眨了眨眼。「我應該沒有口臭吧？」

「不是，但是……」丹尼爾張著嘴幾秒，又硬生生閉上了。

這只不過是公事公辦而已，他告訴自己。如果他現在拚命拒絕，那反而更顯得可疑了吧？他不想要讓自己的性傾向混雜其中，特別是在和克里斯合作的時候。他只想要把這支影片拍完、只想要好好完成他的第一首作品；太多的個人情感只會節外生枝而已。

他咬了咬牙，抬眼看向克里斯。

「所以，你想要我做什麼？」他幾乎是挑戰地問道。

*

坐在商圈的一間珍珠奶茶店裡，丹尼爾看著克里斯手機裡拍下的畫面，一邊咬著吸管，一邊只想鑽到桌子底下躲起來。

最後那個接吻前的鏡頭，丹尼爾幾乎不記得是怎麼拍完的。在影廳裡，他只記得自己的腦子發燙，就連電影的音效和台詞都聽不到了。他只記得克里斯的一隻手緩緩撫上他的臉頰，克里斯的眼神在他的嘴唇上游移，長長的睫毛遮住了克里斯大半的藍色眼睛。丹尼爾的心臟怦怦狂跳。

如果克里斯真的吻他——如果克里斯沒有吻他——

克里斯的嘴唇微啟，朝他的方向靠了過來。丹尼爾反射性地閉上了眼睛。

他可以感覺到克里斯溫暖的鼻息打在他的臉上。

而當克里斯的手從他的臉頰離開，預期中的吻則遲遲沒有落下時，丹尼爾是鬆了一口氣……但他卻無法欺騙自己心底湧起的那股失望感不存在。

他緩緩睜開眼睛，只看見克里斯一隻手肘靠在椅背上，撐著臉頰看他。他的嘴角掛著一抹淺淺的微笑。

「準備好要出去了嗎？」克里斯問道。

丹尼爾只能把眼鏡推回鼻梁上，然後清了清喉嚨，點點頭。

兩人離開影廳時，電影還沒結束；不過已經有別的播放廳散場了，他們便跟著人潮一起走出了電影院。

「完成了工作的感覺真好。」回到陽光下後，克里斯對著天空戲劇化地伸了個懶腰，然後回過頭看著丹尼爾。「你晚一點有事嗎？你要去學校或什麼的嗎？」

「呃，沒有。」丹尼爾直覺地回答。

「那我們去找個地方喝飲料、吃點小東西吧？」克里斯說。「我餓了。你喝珍珠奶茶嗎？」

他本來計畫，不管克里斯要拍什麼，他都要在拍攝結束之後直接回家，繼續處理歌曲的編曲；今天他本來就沒有課，不過他發誓，他可沒有打算要和克里斯有什麼拍攝之外的其他交流。

但是看著克里斯在午後的太陽下閃閃發亮的金髮，以及他帶著笑意、微微彎起的眼睛，再加上剛才電影院裡令他尷尬不已的拍攝過程，他突然張口結舌地說不出拒絕的話。

於是現在，他就和克里斯面對面地坐在珍珠奶茶專賣店裡，兩人之間擺著一盆炸物拼盤，以及一人一杯加了黑色小珠子的含糖飲料。

克里斯得意洋洋地指著手機螢幕。

「你看到那個對焦嗎？」他說。「在那麼暗的影廳裡，還可以這麼清楚地對焦在你的手指上耶。」

此時的螢幕上，播著的是丹尼爾想要碰觸克里斯，卻又有些躊躇不前的畫面。鏡頭聚焦在丹尼爾有些顫抖的手指上，而不得不說，就連丹尼爾本人看了，都覺得那種兩人指背上的細毛碰觸到彼此、卻又沒有真正相碰的感覺，令他心底產生一股討厭的搔癢感。

「那是因為我演得好。」丹尼爾勉強回嘴道，並向後靠在椅背上，試著露出和他一樣自滿的表情。

但最可悲的部分是，他甚至不是在演戲。

克里斯哼了一聲，伸手往螢幕上一滑。「是嗎，那你看看這一幕。」他挑釁地盯著丹尼爾。「我覺得我演得也不差啊。」

丹尼爾瞥了螢幕一眼，就像是觸電般，差點從椅子上彈了起來。最後那一幕接吻前的畫面，鏡頭拍的是克里斯的右半臉，以及丹尼爾的左後側臉，克里斯的左半臉則被頭髮的陰影給遮蔽。電影螢幕的光芒在克里斯的臉頰上跳躍著，只見他微張著嘴靠近丹尼爾，就在他快要碰觸到丹尼爾時，他的嘴角竟勾起了一絲微笑，然後他便停留在原位，定格了大約十秒鐘。然後他的手便從丹尼爾的臉上移開，結束了這一幕。

「嘿。」克里斯的手突然在丹尼爾的眼前揮了揮。丹尼爾狐疑地看向他。「記得呼吸，丹丹。」克里斯挑起眉，咧開了嘴。「你看起來臉紅得快要斷氣了。」

丹尼爾這時才注意到自己不知何時屏住了呼吸。他大口吸入珍珠奶茶店裡甜膩的空氣，然後瞪視著克里斯。

「不管如何，最後那個鏡頭到底是幹什麼的？」他有點惱怒地問。「歌詞裡，我和你——主角和對方——並沒有真的接吻、也沒有在一起。」

「啊哈，你問到重點了。」克里斯彈了一下手指。他打開背包，從器材之間撈出了一本有點破爛的線圈筆記本。「這就是我需要和你討論的地方。」

「討論什麼？」

「我對這支音樂錄影帶的結尾有兩個想法，但我希望最後做決定的人是你……」

克里斯翻開筆記本，快速翻到最後面的幾頁，然後將書頁反了過來，推到丹尼爾面前。「所以，我的構想是這樣的。一開始就順著歌詞的部分拍，兩個男主角就像朋友一樣，快樂又無憂無慮地相處。但是你——歌詞裡的『我』——開始產生了不一樣的感覺。在電影院、在家裡的床上、在城市各處，你開始產生許多小心思。」

不知道為什麼，這番話聽起來已經不像是在形容克里斯要拍的微電影，而像是在重述丹尼爾高中時期的經歷。丹尼爾小心翼翼地維持住自己的面部表情，以免不小心透露出太多他不想告訴克里斯的事。他點點頭，示意克里斯繼續說下去。

「然後這就是影片開始產生分歧的地方了。」克里斯說。「你是這點子的主人，所以我想要問你的想法。這首歌裡的兩個主角，最後究竟有沒有在一起？」

丹尼爾張開嘴幾秒鐘，一個字也沒說，接著又閉上了。他幾乎想要直覺地否認，但是他卻忍不住在心中想著，如果這是一個故事，難道身為作者的他，沒有權利讓自己獲得一個更好的結局嗎？即使是想像的也好？

「有吧，我猜。」丹尼爾緩緩地說。「我的意思是，在歌詞裡，對方到最後仍然不知道主角的心意。如果影片能拍到他們真正在一起的畫面，那……」

「那對觀眾來說，這支影片就是個遺憾，因為歌曲裡的故事是個淡淡的悲劇。」克里斯幫他把話說完。「他們真正在一起的畫面，就只會是主角自己的幻想而已。」

丹尼爾默默地點了點頭。

「完美。」克里斯說。他從筆記本的封面上拔下一隻筆，在筆記本裡潦草地寫了幾句話，接著又開始畫圖。只見他在紙張上畫了幾個方格，然後在裡頭又畫了幾個圓圈和線條。

「那是什麼？」

克里斯頭也不抬地回答：「嗯？」

「我說你現在在畫什麼？」丹尼爾稍微拉長脖子，看向他的筆記本頁面。

克里斯的動作頓了頓，接著他微微抬起頭，對丹尼爾露出一個微笑。不知為什麼，他的微笑看起來難得帶了一點心虛的感覺，不像平時那麼自信。「只是非常簡單的分鏡圖而已。你知道，就是影片裡每個鏡頭大概要長什麼樣子的示意圖。」

子。」

丹尼爾聳起眉。「這整本都是嗎？」

「算是吧？」克里斯把垂到眼睛前的長髮推到耳後。「還有我拍攝其他影片的點

自從上次聽克里斯說過他有替DJ尚恩剪過音樂錄影帶之後，丹尼爾就像個網路變態一樣，偷偷查了他說的那幾支影片。而他看到的成品，也是他真正願意放心和他合作這支錄影帶的原因。克里斯擅長拍攝日常的畫面，剪接出來的成品雖然還不到非常成熟，但那種居家的粗糙感，反而與他想要製造出來的私密感十分契合。

「所以……你以後想要當導演嗎？」丹尼爾問。

「之類的。」克里斯完成了自己的筆記，把筆蓋蓋上，並闔上了筆記本的封面。他有點難為情地抓了抓髮尾，然後用叉子叉起一塊雞米花塞進嘴裡。「其實呢，我是在計劃要去讀電影學院。只是計畫而已。」

「那你在等什麼？」

克里斯抬起手，搓了搓手指。「我需要錢。」他咧開嘴。「你知道，不是每個人都負擔得起電影學院的學費的。」

丹尼爾差點就脫口而出「抱歉」一詞，但他隨即皺了皺眉，阻止了自己。

「這也是我在俱樂部跳舞的一部分原因。」克里斯繼續說道。「為了賺多一點錢，有些人會選擇去打工、或是去賣身。而我做的是這個。」他聳聳肩。「你可能已經知道

了，脫衣舞男一個晚上真的能賺不少錢。而且怎麼說呢，這大概也是我唯一知道的賺錢方式——還有一點尊嚴的賺錢方式。」

「我猜是吧。」丹尼爾不置可否地回答。

兩人之間陷入一股沉默。丹尼爾默默地吸了幾口珍珠，在嘴裡咀嚼著。

儘管克里斯說起話來自信滿滿，但丹尼爾懷疑，他在說出這些話時，他就和丹尼爾一樣充滿了猶豫。要向一個稱不上熟悉的人透露自己沒那麼光彩的一面，是需要勇氣的。而如果這不是謊言，那克里斯確實需要不少勇氣，才能冒著被對方瞧不起的風險，坦白說出這些話。

「我沒有批判你。」丹尼爾脫口而出。「你知道……每個人都有苦衷，我懂。我也是——雖然和你的不完全一樣——但是我懂。」

他不好意思向克里斯坦承，自己是拿著父母的錢在唸大學。但他確實也處於背水一戰的處境，如果他沒辦法闖出一番名堂，他的父母總有一天會來找他，並強迫他回去家族事業裡工作。而他這幾年的努力就會完全白費了。

光是想到要和他的父親一樣面對沒完沒了的商業陷阱和交涉，與他所討厭的人虛與委蛇，丹尼爾內心就充滿了嫌惡。直到現在，他們都還認為他對音樂的喜好與追求「只是一個階段」而已；他們還在等他「準備面對現實」，成為他們認可的成年人。

他知道自己大可與父母撕破臉，一鼓作氣地斬斷他們對他不切實際的期待；那樣對他的未來而言，會簡單得多。但是他還沒有辦法這麼乾脆地和他們起衝突——就像他也還沒有準備好和他們或任何人坦白自己的性向。

他知道自己沒有任何藉口。他只是還需要一點時間。

聽見他這麼說，克里斯只是眨了眨眼睛，然後微微一笑。「我知道。」他說。「謝了。」

丹尼爾有些彆扭地撇開視線，又喝了一口自己的珍珠奶茶。

Chapter 07

當克里斯走進俱樂部的健身房兼練舞室時，伊曼臉上的表情，就讓他有了不好的預感。

「幹嘛？」克里斯瞥了他一眼，先發制人地說道。

他把背包放在一旁的置物櫃裡，把及肩的金髮綁成一束小馬尾，然後走到鏡子前開始熱身。

「這個問題應該是我問你才對吧？」伊曼的嘴角微微一勾。黝黑的肌膚因為汗水而閃閃發亮，一頭蜷曲的棕髮則用髮帶往後束起。他用掛在脖子上的毛巾擦了擦下顎低下的水珠，一邊從臥推上站了起來，走到克里斯身邊。「你的腳步就像是踩在雲上一樣，看起來都會飛了。你談戀愛了嗎？」

「你沒有權利質疑我。」克里斯伸展著手臂，一邊回嘴。「先擔心你自己吧。和尚恩的事處理好了沒？」

聞言，伊曼翻了個白眼，哼了一聲。「他回來上班了，不是嗎？其他事都跟你無關。」

「所以我的事也跟你無關。」克里斯咧嘴一笑。「而且你似乎沒有什麼立場說這句話喔。別忘了，那天你跟尚恩捅出的婁子，最後還是我收拾的。」

「哈，你難道不是出於私心嗎？」伊曼推了他的肩膀一把，大笑起來。「所以話說回來了，你跟那男孩是什麼關係？」

克里斯在內心咒罵了一聲。「什麼關係都沒有。」他斷然說道。「他只是凱拉的室友而已，就是那個女服務生凱拉，你們都認識的。」

此時，另一個躺在角落的瑜珈墊上伸展著腿部的舞者也開口了。「這還是沒有解釋你和他的關係啊。」名叫傑夫的舞者說。「他不是拜託你幫他拍什麼影片嗎？」

「什麼？」克里斯倏地轉過頭，看向躺在地上的傑夫。「你是怎麼知道的？」

笨啊，克里斯，你這大白痴，克里斯在內心狠狠踢了自己幾腳。你會的事情很多，但說謊真的不是其中一件。

「他來救場之後，你請他喝酒時，我聽見你們在講的啊。」傑夫瞪大雙眼，無辜地看著他。「抱歉，這是個祕密嗎？我應該要幫你們保密的嗎？」

「不是，只是……那沒什麼。」克里斯挫折地嘆了口氣。遇上這群舞者同事們，他真的不知道該拿他們怎麼辦。「我欠他一個人情，而他學校的作業需要一支影片，就這樣。沒什麼了不起的。」

「是這樣嗎？」傑夫邊說，邊一個挺腰，從瑜伽墊上做了起來。「好吧，那你介不介意幫兄弟介紹一下？老實說，他蠻可愛的。」

克里斯挑起眉，歪著嘴一笑。他把右腳往前一跨，膝蓋彎成九十度，左腳向後拉直。「我需不需要提醒你已經有男友的事實？」不知道為什麼，他突然覺得自己有義務要保護丹尼爾的安危。「再說了，我根本不知道他是不是同志。我才不想要讓同性戀同事去騷擾我的新朋友呢。」

傑夫哼笑了一聲。「我跟你賭兩天的小費。他絕對是同性戀。」

換成左腳的膝蓋彎曲後，克里斯瞥了傑夫一眼。「你怎麼這麼肯定？」

「我的同性戀雷達很靈敏的。」傑夫實事求是地回答。「我不需要跟你爭論這個。你總有一天會知道的，兄弟。」

「什麼？」

克里斯還來不及回答，伊曼就在一旁插嘴道：「所以，你喜歡他嗎？」

克里斯忍不住大翻了一個白眼。好了，現在是怎麼回事？為什麼他只是基於善意和好奇決定幫丹尼爾一個忙，突然間全世界就覺得他要墜入愛河了啊？

「我不知道你們這些奇怪的點子是哪來的。」克里斯告訴他們。「重點是，我對他沒有興趣。我只是因為喜歡他的音樂，所以我想要幫他拍一支音樂錄影帶，就這麼簡單。其他的事情都是你們自己編出來的故事，跟我無關。」

傑夫不置可否地聳了聳肩，再度躺回瑜伽墊上。「你說了算囉。」

克里斯鄭重地點點頭，然後轉頭看向伊曼，挑起眉。「你還想要說什麼啊？」

「沒什麼。」伊曼勾起嘴角，一手搭上克里斯的肩。「我只是覺得你現在這樣拚命否認的樣子挺可愛的。」

「我才沒有在否認什麼東西。」克里斯否認道，然後扮了個鬼臉。「你們這些人的腦子他媽的有夠危險。現在我連跟人交個朋友都不行了？」

「我們只是關心而已，兄弟。」伊曼對他眨了眨眼，低沉而渾厚的嗓音說道。「有空再找他來俱樂部吧。不用上台音控，就邀請來當觀眾就好了。」

「我就說了，我連他是不是同性戀都不知道。」克里斯無奈地垮下肩膀。他從一旁的架子上取下兩個啞鈴，開始做起基本的熱身運動。「他為什麼會想要來看我們的表演？」

「那天救場的時候，我看他倒是看得滿開心的啊。」傑夫在一旁幫腔。「你害他連播個音樂都搞砸了耶。你以為我們都瞎了還是聾了？」

克里斯決定不要回答他的話。靠，他們後來對這件事隻字不提，果然是不懷好意。克里斯還懷疑他們是不是真的都沒有發現他幹了什麼好事。那場舞台上的小意外之後，克里斯提心吊膽了幾天，做好他們會拿這件事大作文章的心理準備，但他們卻像是有某種神祕的默契般，什麼也沒說。過了這麼長一陣子，克里斯都以為他們早就忘了。

他發誓，那天在舞台上，對著丹尼爾舔嘴唇的動作，完全是出自於好玩而已。第一次在凱拉的暑假派對上見到害臊不已的丹尼爾，他只覺得這個人一本正經到有點荒唐的地步。而他開口要求凱拉找丹尼爾幫忙時，他也沒預料到他真的會出現。於是，看著眉頭深鎖、看上去困窘不已的丹尼爾，克里斯就忍不住想要作弄他。

這就像是小學時在遊樂場上作弄喜歡尖叫的女同學一樣，只是好玩而已。

但是另一方面，丹尼爾真的貢獻了自己的專業能力，幫了他們一個大忙。所以他發揮自己的專業，幫丹尼爾解決學校作業上的麻煩，也是合情合理的吧？

「他看起來倒是對你蠻有興趣的。」傑夫繼續說道。「如果你不是這一路的——不管是因為你對同性沒興趣、或是對他沒興趣——你最好別做讓人誤會的事。」

「我才沒有做什麼讓人誤會的事。」克里斯回嘴。「我不是高中生了好嗎。」

傑夫居然有辦法躺在地上做出聳肩的動作。「我只是說說而已。」

克里斯忍不住回想起前天在影廳裡的拍攝場景。光是想到那一幕，他就感到一陣難為情。他結束這一組熱身動作，把啞鈴放在腳邊的地上，進行組間休息。然後他把額前的頭髮向後推去，看著鏡中的自己。

那天，他本來預期丹尼爾會渾身僵硬、整個場面會尷尬又好笑，而他們會連續失敗幾個鏡頭，最後一團混亂地收場。但是就在他的嘴唇靠向丹尼爾時，他赫然發現，丹尼爾的眼睛閉上了——看起來就像是「準備」要讓他吻下去一樣。

最後克里斯的視線回到丹尼爾的薄唇上，定格了幾秒，然後向後退開。那一幕就這樣拍完了，但是一直到和丹尼爾喝完飲料、各自離去之後，丹尼爾的嘴唇卻還是在克里斯的腦海中揮之不去。

如果那時候他真的吻下去了……如果那時候丹尼爾自己靠了上來……

然後呢？

靠，他沒有想過，作勢親吻丹尼爾這件事，居然會對他產生這樣的影響。好像他是個情竇初開的小男孩、從來沒有和人接過吻似的……嗯，技術上來說，他確實沒有吻過男性。不過他不認為那會和他吻過的女孩們有什麼差別。

「我就只是幫他拍學校作業要用的影片而已。」克里斯又說了一次。「僅此而已。」不過這番話，他更像是在跟他自己說的。

伊曼已經再度回到臥推椅旁了。他對著鏡中的克里斯咧開嘴，露出潔白的牙。

「你說了算囉。」

＊

昨天被他的同事們這麼一提，音樂錄影帶後面要拍的另一個場景，克里斯突然再也無法用正常的眼光看待了。他愛他的同事們，他們就像是某種程度上的家人，或是生死與共的同袍——但有時候，他真的很想要掐死他們。

畢竟，根據他的構想，他接下來要拍的場景是他們兩人躺在床上，其中一人夜不能寐、只能聽著另一個人的呼吸聲。現在他的同事們這樣胡說八道之後，他就沒辦法不把這件事情看作帶有暗示——他在騙誰？這根本已經是明示了吧——的邀約。

他掏出手機，再度翻開他和丹尼爾的對話視窗。

「別忘了明天早上十點來我家。」他昨晚的最後一則訊息寫道。「我們要拍的可是整支影片最高潮的一幕啊。」最後還附上他家公寓的Google定位。

他越看越覺得這像是大野狼偽裝成奶奶的模樣，要將小紅帽吞下肚前所說的謊言。

克里斯一手抹過臉，把一頭金髮抓亂。他瞥了一眼手機上的時間。再過十分鐘就要十點了。

今天是餐館的休假日，他訂了九點的鬧鐘，卻在八點半時就驚醒。他本來想要再睡個回籠覺，但他的身體卻緊繃得怎麼樣也睡不著。最後，他挫折又無奈地爬下床，開始收拾起自己的房間。

要命，這支影片明明是他自編自導自演的，他怎麼會好像比丹尼爾還要緊張？

他再度打量了一圈自己的小公寓。一房一廳的單人公寓似乎也沒有什麼好收拾的了；克里斯本來就沒有太多的個人物品。除了生活的日用必需品之外，他幾乎沒有其他的裝飾物。為了存夠電影學院的學費，他幾乎割捨了所有必要以外的開銷。幾年前跟著俱樂部的老闆愛琳從丹佛搬來洛杉磯之後，他的公寓就一直都沒有什麼太大的改變。

平時他幾乎不太讓自己的同事來家裡作客。他家並不是打發時間的好去處；伊曼家才是。而現在，突然要他把自己的臥室當成攝影棚，反而使他覺得難為情了起來。

但是如果是約去丹尼爾的公寓拍影片，他不知道凱拉會不會突然撞見，進而惹出更多不必要的流言；約去外頭的旅館就更不在考慮範圍內了。

明明是出自於好心幫忙，怎麼好像變成替自己惹了一個大麻煩呢？

克里斯往沙發上一躺，重重嘆了口氣。

他被手機的提示音嚇得彈了起來，差點把手機摔飛。他趕緊把螢幕湊到眼前，看見上面閃爍著丹尼爾寄來的訊息。

「我在停車場了。」

克里回了他一個表示「收到」的表情符號，然後跳下沙發，打開公寓的門。他走到公寓外的走廊上，從欄杆處往樓下的停車場看去。他一眼就看見背著背包的丹尼爾，正像是在尋找著什麼似地東張西望。接著丹尼爾抬起頭，望向他的方向。公寓三樓的距離稱不上太遠，於是克里斯對他露出微笑，揮了揮手。

管他的。就某方面來說，這也是他的作品；他要好好把影片做完，其他什麼都只是屁話罷了。

他靠在自己的公寓門框上等待著。不久後，他便看見丹尼爾的身影從樓梯口冒了出來。

「早安啊。」他微微一鞠躬，對朝他走來的丹尼爾說：「歡迎光臨寒舍。」

「這麼早來你家真的好嗎？」丹尼爾有些困窘地站在門口，推了推眼鏡。「你昨晚也有表演吧？」

「嗯，你人都已經到了。」克里斯笑了起來。「現在說這些好像有點太晚了吧？」看著丹尼爾開始微微泛紅的臉頰，克里斯不懷好意地又補了一句：「或者，等我們完成拍攝之後，我們也可以一起補個眠？」

「呃。」丹尼爾又推了一次眼鏡。「我下午還要去學校……」

「我開玩笑的。」克里斯打開公寓的門，並對丹尼爾招手示意。「進來吧。」

他一邊領著丹尼爾進門，一邊在內心咒罵了一句。靠、靠、靠，他幹嘛就非得對丹尼爾說這些話？克里斯平時對於自己聊天和社交的能力很是自豪，但現在他突然有點厭惡自己隨口開玩笑的習慣。

「我要脫鞋嗎？」丹尼爾在他身後問道，將他的注意力喚回現實。

「什麼？」克里斯愣了愣，然後擺擺手。「無所謂啦。你就自便吧，當成自己家。你可以把背包放在地上。或是沙發上。或者你也可以拿到我房間裡。」

閉嘴，克里斯，這時候就是閉嘴的好時機了，他的內心有個聲音對他尖叫。於是，克里斯咬了咬牙，決定照著聲音的建議做。

「好喔。」身後的丹尼爾有點警戒地說。

克里斯率先走進自己的臥室裡，打開天花板的燈。現在他的公寓裡出現了另一個人之後，他覺得自己像是透過另一雙眼睛在看自己早已習以為常的居住空間。他的房間簡直空曠得可悲：進門後右前方的角落，擺了一張雙人床墊，甚至連下面的床座也沒有。左邊的角落則擺了一張大賣場所賣的折疊桌，充當他的書桌，上面擺了一台筆記型電腦和幾本工具書——這大概是除了手機之外，他最值錢的財產了。房門口的左手邊擺了一個老舊的抽屜櫃，充當衣櫃。

這就是他房裡所有的東西。他突然覺得自己的生活真是極簡到可笑的地步。

「等一下的拍攝場景就是這裡了。」克里斯對著自己的床打了個手勢。

和他公寓的其他地方相比起來，這張床現在簡直華麗得荒唐。他把家裡所有的抱枕、毛毯和棉被都拿來鋪在床上當裝飾品了；經過精心堆疊的層層布織品，使他的床看起來就像外面拍攝廣告用的佈景。床頭邊還有一盞落地燈，這是待會拍攝時要用的光源。

腳架已經擺在床邊的地上了。此時房間的窗簾是拉上的，厚重的遮光廉，只有側邊微微透進了陽光的亮度。

他回過頭，看見丹尼爾小心翼翼地把自己的背包放在臥室的房門口，雙手抱胸。

「所以，我們等一下要怎麼樣？」他用懷疑的目光打量著克里斯，問道。

很好，多謝他那群狗嘴吐不出象牙的同事們，現在克里斯真的覺得自己是個欺騙純真少年的混蛋了。

「跟在電影院一樣。」克里斯盡可能讓自己聽起來足夠專業。「我要拍三個畫面。第一個是兩個主角並排躺在床上。我的角色閉著眼像在睡覺，你的角色則怎麼樣都睡不著。第二個畫面，你的角色翻過身來看我，我也翻身，但是還沒有醒來。第三個畫面，就是……你知道的。」

丹尼爾沒有接話，只是直勾勾地望著他。克里斯暗自嚥了一口口水，強迫自己與他對視，不要因為心虛而撇開視線。幾秒之後，丹尼爾低聲開口。

「一樣是接吻前的畫面？」他問。

「沒錯。」

丹尼爾吐出一口長氣。不知道為什麼，克里斯突然覺得氣氛有些不太自然。但他想，他應該可以理解。畢竟他們才認識兩個月——如果把暑假那場派對算進去的話——現在就要他們同床共枕，換作任何人，應該都會感到尷尬吧。

「好吧。」

「好喔。」克里斯點點頭。然後他指著床鋪，說道：「你等一下躺在左邊。我想要讓我們兩人的畫面可以跟電影院的畫面重疊在一起。」

丹尼爾聞言，點點頭，並把自己的球鞋脫在房門口。見他遲遲沒有往床邊移動，克里斯打趣地補了一句：「放心，我昨晚下班之後，已經把被單和枕頭套都洗乾淨了。」

「不，我不是在想那個。」丹尼爾四下張望了一下，然後略顯難為情地對著自己打了個手勢。「服裝的部分……如果要拍攝睡覺的畫面，我這樣穿是適合的嗎？」

「噢。」

克里斯打量著丹尼爾所穿的黑色T恤和灰色棉褲，猶豫了一下。接著他看了看自己身上所穿的黑色背心和工作短褲。

「我覺得……」他轉過身，從抽屜櫃裡翻出了一件白色的T恤。「這樣可能會好一點。」

這完全沒必要吧，克里斯內心的聲音不以為然地大喊。但克里斯決定無視它的存在。他只是對丹尼爾伸出手，並觀察著丹尼爾的反應。

丹尼爾看著他手上的布料，然後視線轉向他的臉。克里斯不知道自己的臉有沒有紅起來，因為老實說，他覺得在發燙的身體部位不只是臉頰而已。房裡的氣溫像是突然上升了一般，使克里斯覺得額頭開始出汗。

丹尼爾伸手接過他的衣服。「我會洗好再還你。」他囁嚅地說。

「沒關係的。」克里斯聳聳肩。

他看著丹尼爾掀起衣襬，將自己的上衣從頭頂上脫了下來。讓他意外的是，感覺像是書呆子的丹尼爾，腹部和身側都有好看的肌肉線條。平時丹尼爾都會穿著襯衫代替外套的功用，因此克里斯只知道他的身材算是高大、肩膀也算寬闊的。他沒想過，丹尼爾身上的肌肉線條也這麼明顯。

「哇喔。」克里斯彈了彈舌頭，歪著嘴一笑。「你有沒有考慮兼職來當舞者？這個身材配上眼鏡，應該也會蠻有市場的喔。」

「呃……」丹尼爾的臉色倏地一紅。他微微轉過身，急忙將T恤套上，遮住他的側腹斜肌。「我只是有空會去學校的健身房。你知道，反正是免費的。」

「我只是建議而已。」克里斯對他眨眨眼。「如果哪天你急需用錢的話……」很好，他現在不只像是騙子，還像個皮條客了。克里斯咬著舌頭，阻止自己再說下去。

丹尼爾瞪了他一眼，使克里斯忍不住笑了起來。「別這麼認真嘛，丹丹。」他對著床打了個手勢。「來吧，你先請。」

丹尼爾猶豫了一下，然後在床沿跪下，四肢撐著床墊，爬到靠牆的那一側，小心翼翼地躺下，盡可能不要碰壞克里斯搭好的佈景。

克里斯打開床頭的落地燈，關掉房間的主燈。接著他來到腳架旁，開始設定手機的拍攝模式。直到螢幕上的丹尼爾看起來和電影院裡的畫面差不多角度後，克里斯便站起身。床頭燈把丹尼爾的臉照得清清楚楚，克里斯甚至可以清楚看見他虹膜的顏色。

「好啦，那麼就準備拍第一個畫面。」克里斯宣布道。「你只要瞪著天花板看就可以了。」

他按下錄影後，便繞過腳架，來到丹尼爾身邊躺下。

房裡一片寂靜。克里斯閉上眼，深吸一口氣。不知為何，他有點太敏感地意識到丹尼爾在他耳邊的呼吸聲。

他已經很久沒有在這張床上聽到別人的呼吸、感覺到別人的體溫了。他沒有想過這會使他的身體感到如此緊繃。他本來以為他會真的睡著的。但現在，事實證明，他太高估自己了。

過了彷彿一小時那麼久的兩分鐘之後，克里斯終於睜開眼，坐起身。

「好了，讓我檢查一下。」他翻身爬下床，來到腳架的另一側。

丹尼爾仍然躺在床位上，只是轉過頭來看著他的方向。克里斯瞥了他一眼，接著便強迫自己把注意力放在手機螢幕上。

他在腦中拚命咒罵著。要死，他現在一定是太睏了，睏到大腦都沒有辦法正常運作了。因為看著影片裡的丹尼爾穿著他的T恤、躺在他的床上，微微皺著眉，看起來困擾又無助的模樣，居然使他產生了一些絕不該出現的想法。

都是那群該死的同事的錯。如果不是因為他們前一天對他說了那些奇怪的話，他現在才不會對這個場景想入非非。他們只是兩個男人，穿著整齊的衣服，躺在同一張床上，拍攝學校作業的影片而已——他們甚至連手臂都沒有碰到對方。

這畫面簡直是小學生的純潔等級，他完全沒有任何幻想的理由。他告訴自己，他每天在俱樂部裡見過更多比這更令人血脈賁張的畫面，這不該令他渾身發熱的。

但是這不一樣，他內心的聲音狡猾地揶揄道。這裡不是工作場所。這裡是你家。這是你的床。

他媽的，克里斯忍不住翻了自己一個大白眼。閉嘴，叛徒。

「克里斯？」丹尼爾的聲音從床上傳來。「有什麼問題嗎？」

克里斯搖搖頭，故作鎮定地露出一個笑容。「沒什麼。我在想下一個畫面要怎麼拍而已。」

丹尼爾的眼神看起來很懷疑，但克里斯沒有多作解釋。他深吸一口氣，站起身，回到床邊。

「那現在，我們來拍第二幕吧。」他謹慎地控制著自己的聲音。「等我躺下之後，你在心裡數到十，然後翻身過來面對我。然後你就停在那裡，不要動。」

丹尼爾無聲地點點頭。

克里斯再度在右邊的床位躺下。

他閉上眼睛。一會之後，他感覺到床墊凹陷下去，並聽見對方翻身時傳來的摩擦聲。他默數五秒，然後翻身面對丹尼爾。

他感覺到丹尼爾有些顫抖的呼吸打在他的鼻尖。為什麼他聽起來像是在發抖？

又過了一會，克里斯緩緩睜開眼。

丹尼爾的一雙綠眼正半闔著，望向他的嘴唇。他們兩人之間的距離，甚至不到半隻手臂。克里斯心底湧起一股衝動，想要摘掉丹尼爾的那副眼鏡。

克里斯的心臟突然重重一跳，撞上他的胸腔。他吐出一口鼻息，這才發現，就連他自己的鼻息都在顫抖。

丹尼爾的視線轉向他的眼睛。克里斯眨了眨眼。丹尼爾像是在他的眼中尋找什麼似的，眼神微微左右移動著。幾秒之後，克里斯先撇開了視線。

「做得好。」他咕噥道。「我來看一下。你先不要動。」然後他便翻身爬下了床。

他的下腹有點緊繃。靠，這下可不太妙。

他蹲在腳架旁，看著手機上的畫面，一邊開始在腦中尋找他記得最噁心的網路新聞。這實在太誇張了。不管是什麼都好，他必須壓下自己莫名其妙的生理反應。

他拿起腳架，轉向丹尼爾。

「拍第三幕的時候，我要把腳架搬到床上。」他說。「你知道，就跟電影院一樣……」

「你要同一個角度的影片。」丹尼爾說。他的聲音有些奇怪，聽起來有點沙啞。

「我知道。」

「對。」

越過丹尼爾的身子，克里斯把腳架立在丹尼爾的身後。他重新調整了螢幕上的設定，一邊用螢幕看著丹尼爾的後側臉。

他深吸一口氣，然後緩緩吐出。靠，他真的要冷靜一點。

他按下錄影鍵，小心翼翼地向後退開，以免他的動作搖晃到腳架，並回到右側的床位上。

「最後一幕了。」他在躺下前，對丹尼爾露出鼓勵的微笑。「你做得很好，丹丹。」

「不要這樣叫我了。」不知為什麼，丹尼爾聽起來有些惱怒。

克里斯躺回床位上，並翻過身來，面對丹尼爾。就和在電影院裡時一樣，他緩緩舉起左手，撫上丹尼爾的臉頰。

如果他們是直男，在這時候，兩人應該就會笑場才對。他們兩人應該要爆笑起來，這一幕就會被他們破壞，然後他們就得重新醞釀情緒，再來一次。

但是他們沒有。

丹尼爾以肉眼可見的力道嚥了一口口水。他的喉結動了動。克里斯的視線無法克制地被他的喉嚨所吸引。接著他看向丹尼爾的嘴唇。

和他一樣，丹尼爾也微微張開了嘴，像是在等待他的靠近。克里斯忍住自己想要舔舐嘴唇的衝動。他的嘴唇突然感覺像是乾澀得要裂開了一樣。他回想著電影院裡的畫面，學著當時的動作，微微勾起嘴角，並緩緩往丹尼爾的方向靠近。

丹尼爾的呼吸聲變得粗重而混濁。

不行，你不可以，克里斯。克里斯內心的聲音尖叫道。

克里斯渾身的血液像是受到某種引力的拉扯，全往他的下腹湧了過去。他強迫自己維持在距離丹尼爾鼻尖不遠的地方幾秒，確保自己拍到了想要的鏡頭。但他卻沒有辦法強迫自己把手收回來。

他們就維持在這個姿勢好一陣子，就連克里斯都不知道時間過了多久。

然後，丹尼爾睜開了眼睛。「克里斯？」他微微皺著眉，在克里斯的臉上搜索。

完蛋。克里斯心中的聲音，像是從很遠的地方傳來的一樣。他的心跳中在耳中怦怦作響，使他再也聽不見那個討人厭的聲音給他的任何建議。

「可以嗎？」一個沙啞的聲音這麼問道。過了一秒鐘，他才意識到那是他自己的聲音。

丹尼爾的下顎肌肉動了動。克里斯看著丹尼爾咬著牙，眼神撇向他的手腕。但是他並沒有向後退開，也沒有動手推開他。

於是他就當他默許了。

克里斯吐出一口氣，緩緩地將丹尼爾的眼鏡摘下。丹尼爾反射性地瞇起眼。克里斯撐起身子，把手機螢幕關掉，接著把腳架和眼鏡一起放到了床邊的地上。他轉過身來，面向躺在床上的丹尼爾。

然後克里斯俯下身，吻上丹尼爾的嘴唇。

Chapter 08

丹尼爾瞪大雙眼，無法呼吸。克里斯的嘴唇輕輕貼著他的嘴，像是在品嚐般把他的下唇含進口中。他不疾不徐地輕扯著丹尼爾的唇瓣，既像是作弄、又像是在徵求他的許可。

克里斯籠罩著他的身體，但他並沒有真正壓制住丹尼爾。不過丹尼爾卻仍然無法動彈，甚至連回應都做不到。

這不是丹尼爾的初吻。高中時，丹尼爾曾經吻過一個女孩，但那個吻沒有為他帶來任何影響；他什麼感覺也沒有。或許是因為當時他們都太過年輕，兩人都經驗不足，因此他只覺得女孩的鼻子重壓在他的鼻尖上，而且女孩用了太多牙齒的部分，使他不太舒服。

而男孩……他沒有吻過男孩。就和所有老掉牙的故事一樣，他在高中時期暗戀的對象，是個普通的直男，而他則是男孩身邊的好朋友。泰勒絲那首〈吉他上的淚珠〉，幾乎就是他當時的最佳寫照；那個男孩後來也和另一個女孩在一起了，只是他的名字不叫德魯。

和克里斯的吻，是他這輩子第一個真正的吻。並不是因為好奇、也不是出自於新鮮感，而是因為他——克里斯吻他，是因為他就是他。

是嗎？

當克里斯放開他的嘴，向後退開時，丹尼爾才像是溺水的人終於浮出水面般，大口呼吸起新鮮空氣。「克里斯……」

「真的？」克里斯的金髮垂在臉頰兩側，一雙藍色的眼睛微微彎起，在他的臉上搜尋，輕聲問道。「你以前接過吻嗎？」

丹尼爾的臉漲得通紅，他甚至沒有心思把那股羞恥感掩藏起來。有什麼好反駁？看他四肢僵硬、動彈不得的模樣——他的反應騙不了人的。他就是一個年過二十一歲，卻連接吻都還不會的處男。告他啊。

克里斯低聲笑了起來。「沒關係。」他貼近他的臉，鼻尖幾乎要抵著丹尼爾的鼻子。他的嘴唇距離丹尼爾只有不到一寸的距離。「我可以教你。」

丹尼爾不置可否地哼了一聲，但他的聲音卻像極了呻吟，使他羞恥不已。

克里斯的嘴唇再度覆上他，但這次他沒有直接開始動作，而是含糊地說道：「放輕鬆。讓我來。」

說得倒容易，丹尼爾在心底抗議道。不知道為什麼，克里斯柔軟的嘴唇讓他完全無法思考。

克里斯的舌尖竄了出來，輕輕碰觸他的嘴唇，然後從上下唇之間探了進去。他的舌頭輕掃過丹尼爾的嘴唇內側。

丹尼爾的身體像是有電流流經般，突然一陣酥麻。他的下腹一緊，使他內心的警鈴大作。他不知道該做何反應：在這個狀態下，他的生理反應再正常不過；但是他一點也不想讓克里斯看見他因為一個吻，就像是情竇初開的中學生一樣硬到不行。他今天穿的是棉褲，沒有厚重的褲襠可以稍微替他遮掩。而且克里斯俯身在他的身上，一條腿卡在他的大腿之間，他的生理反應根本無所遁形。

他聽到一聲上氣不接下氣的悶哼聲。過了幾秒，他才後知後覺地意識到，那是他從嘴角發出來的聲音。

克里斯再度輕笑起來。「噢，天啊，丹丹。」他貼著他的嘴唇說。「你好可愛。」

丹尼爾的大腦嗡的一聲，喪失了思考能力。

他勃起的器官包覆在四角褲裡，微微抽動著。他的腦中閃過了許多重疊在一起、卻毫無邏輯的畫面。他平常看過的成人片、克里斯跳舞時擺動腰部的動作、克里斯在舞台上對著他舔嘴唇的樣子，不知怎麼地，在他腦中交織成了一種無法抑制的幻想——克里斯的手撫過他的臉頰、脖頸，來到他的胸口，然後是腹部——

他不由地挺起下腹。這原本只是個本能的反應，但是他的下體就這樣頂到了克里斯的大腿。突如其來的刺激，使他發出一聲驚叫，卻被克里斯的吻所吞沒。

克里斯頓了頓，稍微從他的嘴邊退開，抬起視線，看向他的眼睛。他的手仍然撐在丹尼爾的頭部兩側，但他稍微抬起大腿，摩擦著丹尼爾的胯下。酥麻的感覺使丹尼爾一陣暈眩，眼前除了克里斯之外，什麼也看不見。克里斯的眼神小心翼翼地觀察著他。

「可以讓我來嗎？」克里斯問道。他的聲音比平時多了一層沙啞。

「等、等等……」丹尼爾扭動著，手肘撐起身子，向後靠在抱枕上。他喘著氣，直盯著克里斯。他其實不確定自己想要叫他等什麼——這件事就只有「做」和「不做」兩種選擇，不是嗎？

克里斯爬向他，再度將一條腿卡進他的雙腿之間。「你有和別人這麼做過嗎？」克里斯問。

「那你有嗎？」丹尼爾回嘴道。

克里斯只是勾起嘴角。「這不是我的第一次。如果你想問的是這個的話。」

你是指男人還是女人？丹尼爾很想這麼問，但是這似乎不是現在的重點。

「如果你不想要，我就不會碰你。」克里斯輕聲說道。「你可以拒絕我的。」

只有「做」和「不做」兩種選擇，但丹尼爾會想要他現在停手嗎？好像也不太想耶。

「我從來沒有……」丹尼爾嚥了一口口水。「從來沒有從後面來過。」

聞言，克里斯搖搖頭。「我們不會做到那樣的。」

丹尼爾還想要說些什麼，但克里斯似乎決定他們的話已經說得夠多了。他再度靠上前來，吻上丹尼爾的嘴唇。

當克里斯的大手覆上丹尼爾的下體時，丹尼爾的身子反射性地瑟縮了一下。這是他懂事以來，第一次有別人的手碰觸到他的私密處。那股感覺既羞恥、又不知為何令他興奮不已。他忍不住挺起髖部，想要更加貼合克里斯的手掌。

克里斯的手指隔著棉褲，描繪起丹尼爾的輪廓。丹尼爾的身子僵硬不已，但克里斯並沒有急著往下一步前進，而是緩緩撫著他的器官兩側。

「不要擔心，好嗎？」在兩人混亂的鼻息之間，克里斯低聲說。「放心交給我。」

「哪有這麼容易……」丹尼爾含糊不清地抗議。

克里斯向後退開，雙手抓住丹尼爾的褲頭，向下一拉，將他的棉褲和四角褲拉到了大腿之下。丹尼爾倒抽一口氣，反射性地想要用手遮住突然暴露在空氣中的下體。天啊，他從來沒有和別人這麼做過。他沒想過第一次發生這種事時，居然會讓他羞愧得無地自容。

「靠……」他一手遮住自己的臉，氣餒地咒罵了一聲。

「我都快忘記這是什麼感覺了。」克里斯在不遠處說道。「這種『第一次』的生澀感。」

「別取笑我了。」丹尼爾拿開手，狠狠瞪了他一眼。

但接著，克里斯的手指便靈巧地握住了他腫脹而紅潤的陰莖。在那一刻，丹尼爾連最後一點點維護尊嚴的能力也失去了。

他曾經幻想過很多次，當他真正和人發生肉體關係時，會是什麼狀況。但是他發現自己的幻想中，從來沒有一次真的正確地設想另一個人的手在他的器官上套弄的感覺。這和他自己的手完全不一樣：克里斯的手指強而有力，骨節分明，恰到好處地在正確的地方施加著壓力。丹尼爾的腦子一片空白，只有一句話在他腦中不斷迴盪：噢，天啊。

他聽見克里斯的笑聲，這才發現自己不只是在腦子裡想想而已，還真的脫口而出了。他的臉頰滾燙不已，但更多的卻是下身所傳來的一陣陣快感。

「靠……」他咬著下唇，努力憋住在舌尖打滾的呻吟聲。「靠，克里斯……」

「我在這裡。」克里斯回答。

他手上的動作沒有停下來，並再度湊上前，吻著丹尼爾的嘴唇。這次的吻濕潤而黏膩，發出了有些淫穢的水聲。丹尼爾的呼吸聲粗重而顫抖。

克里斯的嘴唇向後退開一點點。「你真的很可愛，丹尼爾。」他在他的嘴上落下一個個細碎的吻。「沒有人這樣說過嗎？」

丹尼爾只能用低吟聲回答。

克里斯的手指靈敏地摸索著他的敏感點。他的手指掐住了頂部凹陷的兩側，開始快速而規律地摩擦那裡的皺摺。丹尼爾瞥了一眼自己漲紅的尖端，分泌出來的前列腺液讓它看起來閃亮而光滑。

看著自己的器官在另一個人手中腫脹的模樣，這所帶來的羞恥感卻像是某種特別的興奮劑，使丹尼爾忍不住挺起身子，頭向後仰去。他現在只慶幸自己沒有戴眼鏡，因此他的視線就像是蒙上了一層帶著霧氣的濾鏡。

「克里斯，等等……」

「怎麼了，丹丹？」克里斯的聲音彷彿是從遙遠的地方傳來的。「你喜歡這樣嗎？」

丹尼爾咬緊下唇，試著將一聲嗚咽吞回去。但他沒有做得非常成功。

克里斯微笑起來。「我猜是吧。」他的大拇指輕輕撫過丹尼爾的頂端，使丹尼爾的身體一顫。濕潤的觸感使克里斯的套弄變得更加順利。

丹尼爾沒有想過，自己只是坐著、讓他人這樣為他服務，會是這種感覺——把一切交在對方手中，自己如此無助、毫無遮掩，卻又感覺如此舒服。他希望克里斯的手趕快停下來，但是又在內心祈禱著他不要停下。噢，天啊。丹尼爾閉上眼，仰起頭。如果他繼續這樣套弄，如果他一直不停止……

克里斯的動作慢了下來。他的指腹輕撫過丹尼爾的頂端，但卻沒有繼續套弄。

丹尼爾困惑地睜開雙眼。

他眼前朦朧的畫面，使他的心臟一陣狂跳。

只見克里斯跪在他面前，已經解開了自己的褲頭和拉鍊，四角褲拉到大腿根部。他碩大的器官正面對著丹尼爾，而克里斯正用另一隻手套弄著自己的陰莖根部。

「克里斯……」丹尼爾咬牙，嚥了一口口水。他的視線無法從克里斯身上轉開。

「抱歉。」克里斯帶著歉意地微笑起來。在昏黃的燈光下，他臉頰上因情慾而起的紅暈仍然清晰可見。「你知道，看你這樣，我有點難克制自己。」

他放開自己的陰莖，直直看著丹尼爾。「你想要碰它嗎？」

「什麼？不！」丹尼爾羞恥地喊道，但是他卻忍不住直盯著克里斯的下體。這和在成人片中所看見的器官不一樣：這是真的，沒有任何修飾、沒有經過美化。更重要的是，它現在腫脹而硬挺的模樣，是因為他。

他的模樣使克里斯產生了生理反應。不知道為什麼，這比任何情色的話語或畫面都來得更令人血脈賁張。

他再度抬起眼，看向克里斯的雙眼。他隱約看見克里斯臉上帶著淺淺的微笑，像是準備要開口取笑他一樣。

丹尼爾一咬牙。他抬起右手，握住克里斯炙熱的陰莖。他有些遲疑地套弄了兩下，但不確定自己究竟在做什麼。

克里斯的眼皮半闔，眼神變得有些迷茫。「就像你在幫自己解決的時候一樣。」他握著丹尼爾器官的那一手再度動了起來。「慢慢地、好好地享受那個觸感。」

丹尼爾順著他的話做了。他碰觸著克里斯的陰莖，而他自己的器官則在克里斯手中。兩人套弄的節奏幾乎一致，配合著克里斯口中的帶領。這感覺很奇妙，他幾乎覺得自己像是在自慰，但又明知道一切都不在他的掌握之中。他喘著氣，強烈的刺激使他眼眶開始泛起淚水。

「再快一點，丹尼爾。」克里斯的聲音沙啞地說道。「對，就是這樣……你做得很好。乖孩子。」

丹尼爾的腦子一熱。這個有點貶低、卻又無疑是稱讚的稱呼，使一股血液直往他的下腹衝去。

「克、克里斯……」他低喊。「我不行了、快要……」

克里斯沒有回應，只是繼續手上的動作。丹尼爾的耳邊，只有兩人粗重的呼吸聲交織在一起。

接著，克里斯的手再度停了下來。丹尼爾的下身不自覺地向上挺起，想要獲取更多碰觸，但克里斯只是看著他，手指不鬆不緊地握著他的陰莖。丹尼爾抗議地扭動起身子。不行，他想要更多，他需要更多……

然後克里斯掐住他頂部兩側的凹陷處，重重套弄了兩下。這股突如其來的刺激，便將丹尼爾從高潮的邊緣推了下去。

他聽見一聲低喊——事後他回想起來，才想到那是他自己的聲音——他的身體一陣顫抖，一波波快感從他體內竄過。他向後仰起頭，眼前和腦中一片空白。

當他回過神來時，他迷茫地眨了眨眼。少了眼鏡的幫助，丹尼爾沒有辦法完全看清克里斯的表情，但他依然可以看出自己的白色T恤上沾了白濁的液體。

「靠。」他咕噥道。「我會洗乾淨……」

克里斯俯下身，吻了吻他的額頭和嘴角。

「別擔心衣服的事了，丹丹。」克里斯微笑地說道。「現在，我要去廁所洗個手，然後處理一下我自己。」他把剛才為丹尼爾解決的手舉到他面前，竊笑起來。他的手上還沾著半透明的精液。「別趁我不在的時候偷溜走啊。」

「我才不會。」丹尼爾喘著氣，有些虛弱地回嘴道。

「我只是說說而已囉。」克里斯用另一隻手拉起褲頭，用略為彆扭的姿勢爬下床，走出房門。

丹尼爾向後癱軟在抱枕上，一手遮住眼睛，吐出一口長氣。

天啊，他剛才幹了什麼好事？

等他緩過氣來之後，他便小心翼翼地坐起身，避免讓衣服上的體液沾到克里斯的床鋪。他脫下T恤，瞇起眼，從床邊的地上撿回自己的眼鏡。他看著自己疲軟下來的陰莖，不由地皺起鼻子。

他站起身，從門邊的背包裡撈出了一小包衛生紙，開始清理自己的身子。

他腦中有個聲音準備開始尖叫，但是丹尼爾硬是把它壓了下去。不行，他不能在克里斯的房間裡抓狂；而且平心而論，他有什麼好抓狂的？他又不是今天才知道自己的性向。他沒有性向危機需要處理，他已經度過那個階段了。真要說的話，他只是第一次和人發生關係後，不知道該怎麼面對對方而已。

房門再度打開時，丹尼爾嚇得從原地彈了起來。

「你是在準備落跑嗎？」克里斯站在房門口，勾著嘴角看他。

「不，我只是……」我只是快要瘋掉了而已。丹尼爾咬住舌頭，深吸一口氣。他從背包中撈出自己的黑色T恤，然後尷尬地轉向克里斯。「你的衣服……呃。」

「跟你說了，別擔心。」

克里斯隨意揮了揮手，然後打開房間的燈。剛才房裡曖昧的氣氛突然被光線所驅散，現在丹尼爾無比敏感地意識到自己打著赤膊，手上還抓著擦拭過後的衛生紙團。這到底是哪一部廉價電視劇的場景啊？

「呃，我想我該走了。」丹尼爾低下頭，看著自己手中的垃圾。「下午上課之前，我還得先吃午餐。」

「噢，那麼……」克里斯從門框邊站開，雙手插進口袋裡。他把散落的髮絲推到耳後，然後對丹尼爾露齒一笑。「待會開車小心。」

丹尼爾彎下身，抓起自己的背包。「之後還要拍什麼？」他一邊調整背包的肩帶，一邊問道。

「我會想要一些日常相處的小片段。」克里斯回答。「你知道，就是像手機隨手錄下的影片，一起用餐、在海邊散步、或是一起去健身房什麼的。或是勾肩搭背的自拍。」

不知道為什麼，這聽起來實在有點太像是約會的行程，像得令人不太舒服。丹尼爾抿了抿嘴唇，看了克里斯一眼。但克里斯一派悠哉，似乎一點非分之想也沒有。他只是直直望著丹尼爾，等待他的回應。也許只有他有這種聯想吧，丹尼爾有點惱怒地想到。如果他認真了，那他就輸了。

他下定決心地點點頭。「好。」他從克里斯身邊走過，然後又停下腳步。「有地方可以讓我丟垃圾嗎？」

克里斯愣了愣，接著便注意到他手上的衛生紙。「讓我來吧。」他對丹尼爾伸出手。

於是，丹尼爾就讓他拿著貼成一團的衛生紙——上面還沾了他的精液，要命——並送他到公寓的門口。

「再傳訊息給我吧。」走出家門時，克里斯在他身後說道。「不然我會打給你的。」

丹尼爾點點頭，然後頭也不回地往樓梯口走去。丹尼爾才不會傳簡訊給他。克里斯也不會打電話來。

當他回到停車場，躲進車子裡後，他才終於敢抬頭，偷瞄了一眼三樓的走廊。穿著背心的克里斯還站在欄杆旁，看向他車子的方向。

丹尼爾發動引擎，抓著方向盤，卻遲遲沒有從車位中駛離。

他到底幹了什麼好事？

Chapter 09

丹尼爾確實沒有傳簡訊給他。而克里斯真的打電話給他了。而且他還是在丹尼爾關掉電腦，決定上床睡覺、遺忘今天發生的一切時打給他的。

手機螢幕上顯示著午夜十二點零九分，克里斯的名字則出現在螢幕正中央。丹尼爾把手機扔在床上，像是看著一顆定時炸彈般，不知道現在是該把它扔出窗外，還是直接原地爆破。

過了像是好幾個小時的半分鐘後，丹尼爾終於抓起手機，爬上床，往枕頭上一倒。

「哈囉？」

「嘿。」克里斯的聲音從另一端傳來。他的聲音有點低，四周吵雜不已。「時機抓得真好，我還以為你已經睡了呢。」

「就算睡了也被你吵醒了。」丹尼爾心不在焉地回答道。「怎麼了嗎？」

「你沒有傳簡訊給我。」克里斯理所當然地說。「所以我就照我們說好的打來囉。」

沒人跟他說好，不過此時一陣汽車的喇叭聲響起，丹尼爾聽見克里斯咒罵了一聲「靠」，然後他便皺起鼻子。

「你在哪裡啊？」丹尼爾忍不住問道。「剛才那是怎樣？」

「我在俱樂部外面的巷子。」克里斯說。「剛才路上有個白痴直接闖紅燈，差點變成大型車禍現場。嘖嘖，加州人都是瘋子。」

「講得好像你不是加州人一樣。」

克里斯「哈」地笑了一聲。「你說得對。我還真不是。」

「噢，是嗎。」

「我是說真的。」雖然看不見克里斯的表情，但丹尼爾可以想像他一本正經地板著一張臉，如此說道：「我是在丹佛出生的，幾年前才搬來洛杉磯。」

「我是從達拉斯來唸大學。」

「難怪你第一次見面就把我當歹徒制伏在地。」克里斯竊笑起來。「對不起，我收回那句話。德州人才瘋。靠，這倒是提醒了我。以後要跑派對場的話，我得先確保與會者沒有德州人；幸好你那時候沒有拿真槍直接轟掉我的腦袋。」

「哈、哈。」丹尼爾翻了個白眼，瞪視著天花板。「你到底要幹嘛啦？我今天真的很累了，而且……」

「我只是想要問你，下星期你哪一天有空？我們把剩下的小鏡頭拍一拍吧。」克里斯說。「你知道，去聖塔莫尼卡的海灘拍幾個鏡頭、然後去附近的海邊商圈走走之類的。用一天的時間把它解決掉。」

「我星期三沒有課。」丹尼爾簡短地回答。他的肚子湧起一股奇怪的搔癢感，好像有許多隻螞蟻在他的腸胃裡亂鑽似的。他忍不住側過身，捲起身子。

「好的好的。」克里斯愉快地說。「那就星期三吧。我把下星期餐廳的休假排在那一天。」

「好。」

他為什麼要跟他說這些？丹尼爾把臉埋進枕頭裡，想要讓熟悉的氣味壓下他臉頰逐漸湧起的溫度，但成效不彰。

「丹丹？」

「嗯？」丹尼爾沒有把頭抬起來，只是悶哼一聲。

「聽著，今天在我家發生的事……」

丹尼爾翻過身，仰面躺在床上，吐出一口長氣。他知道克里斯要說什麼——免責聲明的部分，他其實早該在丹尼爾離開他公寓時就說的。「你不需要擔心這個。那只是偶然發生的一個……意外罷了。」至少他想要說服自己這是個意外。這件事不會發生第二次了。

「我不是要說這個……」克里斯開口。

「我不會拿這件事來找你的碴。事實上，我們也可以假裝它沒有發生過。」丹尼爾繼續說道。「你只是在幫我完成畢業前的一個大作業，就這樣。」

電話另一端的克里斯沉默了一會。「好吧。你說了算。」最後，他說道。「我懂。沒事，別想太多，丹丹。那我們就下星期三見啦。」

「好。」

不知道為什麼，丹尼爾覺得他的聲音聽起來有點奇怪。但下一句話，那個一閃而過的壓抑感就消失了，丹尼爾便認為那只是他的錯覺。

「噢，還有一件事。」克里斯有點心虛地笑了起來。「我沒有車，所以……」

丹尼爾嘆了口氣。「好啦。我會去接你。八點？」

「完美。」克里斯回答。「謝啦，丹丹。」

這件事究竟是怎麼起頭的呢？他請克里斯幫他拍學校作業的影片，但他答應開車載他去拍攝地點，克里斯還和他道謝。這一點，似乎怎麼說都有點諷刺。

「這是我該做的。」丹尼爾有點僵硬地說道。

「好。那……」克里斯的聲音頓了頓，然後說：「我差不多該回去了。如果我再繼續躲在外面，等一下那群麻煩鬼又要開始胡說八道了。」

「掰。」

「掰，丹丹。」克里斯說。「晚安，祝好夢。」

丹尼爾沒有再回答，而是直接切掉通話，把手機塞到枕頭底下。他翻過身，把臉埋進枕頭裡，然後挫折地大吼一聲。

不久後，他的房門上傳來一陣敲門聲。

「丹尼爾，寶貝？」凱拉在門外提高音量。「你還好嗎？你肚子痛還是怎麼了嗎？」

「我沒事。」他抬起頭，勉強對著房門大喊。「走開啦，凱拉。」

靠。凱拉？丹尼爾硬是把吼叫聲吞了回去。她怎麼會在家？她今天沒有打工嗎？

「你聽起來超級有事。」凱拉說。「我可以進去嗎？」

「不可以。」丹尼爾喊道。

凱拉打開了房門。

丹尼爾抬起頭，怒視著她。「『不可以』這三個字，妳是哪一個字聽不懂？」

「怎麼了，丹尼爾？」凱拉一把拉過他的書桌椅，放在他的床邊，一臉憂心地坐下。「你在擔心什麼嗎？」

「沒什麼。」丹尼爾翻過身，仰面躺在床上。「妳今天為什麼沒有去俱樂部？」

「有一種東西叫做休假，傻子。我明天有一場算是重要的口試，所以我留在家做最後衝刺。」凱拉平靜地說。「你確定你不想跟我說嗎？你可能不知道，但我真的是個好聽眾喔。」

儘管丹尼爾一點也不想把自己的小祕密告訴凱拉——至少現在還不想——但他不得不承認，雖然凱拉大部分的時間都像是住在另一個星球，但如果他需要，凱拉確實是他可以分享心事的對象。

他還沒有和凱拉說過自己的性向，但大一時，他們剛成為室友那段時間中，丹尼爾曾經接到父母的電話，指責他如何不負責任、並要求他立刻休學，回到德州去，他們在德州大學有認識的人，能夠讓丹尼爾進入商學院就讀。丹尼爾在房間裡與他們大吵一架。當他掛掉電話時，他才發現自己忘了關房門，而凱拉正拿著一杯水，尷尬地站在他房間門口。

「呃，我正要回去我房間。」凱拉喃喃說道，一邊伸手對著走廊底部胡亂打了個手勢。「我現在就走。」

丹尼爾重重嘆了口氣。「妳的房間不在那邊。」

「對。」凱拉承認道。「所以……你還好嗎？」

或許是因為當時在父母的壓力之下，他的防衛心稍微出現了動搖，又或者因為剛來到一個陌生的城市，他急需朋友；無論如何，丹尼爾就把自己的背景故事告訴了凱拉。他的父母是如何一心想要把他打造成能夠在祖父一手建立起的建材企業中嶄露頭角的商人，他又是如何發現自己對這一切都不感興趣、他只喜歡音樂，還有父母對他是如何的失望、他也知道自己是個多麼令父母感到丟臉的孩子。

那時候的凱拉，也是像現在一樣坐在他的電腦椅上，手中拿個一個玻璃杯，咬著杯緣，靜靜地聽著他說。在他說完之後，凱拉思索了一陣子，最後說道：「所以，你的學貸有多少？」

所以，他的確知道凱拉是個可以說話的對象。

他只是直覺地認為，這不是個好主意。凱拉是他和克里斯的共同朋友，而現在他們開始產生某種不可言喻的關係，他不知道凱拉會怎麼想。理性上，就他對凱拉的理解，他知道她也頂多就只想知道他們現在進展到哪裡，但如果她不小心在克里斯面前說溜嘴呢？光是想到凱拉在克里斯面前把他形容成害相思病的懷春少女，他就覺得全身起雞皮疙瘩。

他和克里斯的相處是一回事，但如果克里斯知道，在他們講完電話後，丹尼爾就像個初戀的少女般在床上抱著枕頭打滾……

不，他決定，這件事他還是暫時保密的好。

「沒什麼。」丹尼爾又說了一次。「我只是在想學校作業的事。妳知道，那堂要交出一支音樂錄影帶的課。」

「嗯哼。」凱拉不置可否地說。「那堂課怎麼樣？我以為克里斯在幫你處理影片了？」

「我就只是……」丹尼爾小心翼翼地斟酌著用詞。作為迴避，他還真是選了一個爛到不行的藉口；提到那支影片，他根本就是自己挖了坑往裡頭跳。「影片不是問題。問題是，我不確定那首歌究竟是不是一首好歌。」

凱拉用奇怪的眼神看著他，久久沒有說話。丹尼爾嚥了一口口水，隨著時間一分一秒過去，他越來越擔心自己臨時胡謅出來的謊言是不是被識破了。

「這有什麼好擔心的？」最後，凱拉哼笑了一聲。「會爆紅的歌，哪一首是真正的好歌？」

「好喔。」丹尼爾說。「我覺得妳的發言有點危險……」

「我說的是事實啊。」凱拉認真地盯著他。「那些讓藝人——請注意，我說的是『藝人』，不是歌手——賺翻的排行榜單曲，根本都算不上是『歌』。他們就只是把重複的旋律跟歌詞丟在一起攪和而已。但是他們還是億萬富翁，而我還是在這裡背著學貸、在脫衣舞男俱樂部裡打工。所以，我懂什麼呢？」凱拉聳了聳肩。「我想要說的是——你沒問題的，丹尼爾。你知道你自己在做什麼。如果你的歌紅了，那恭喜你，得到了進入這個產業的門票；但如果不紅，那也恭喜你，你寫出了一首好歌，只是世人不懂欣賞。不管哪一種結果，都是好事。」

丹尼爾仔細觀察著凱拉的臉。她濃密的深色眉毛、睫毛與捲髮，把她本來就帶有一點異國風情的五官襯托得更加立體；她是個特立獨行、聰明、對所有事情都有自己見解的女性。儘管她說的話邏輯似乎有些詭異，但重點是，丹尼爾知道，她只是想要讓他好過一點。

「好，妳剛才用簡單幾句話，就把我未來想要進入的產業講得比屎坑還不如了。」丹尼爾說。「但是，謝了，凱拉。我知道妳的意思。」

「小事。」凱拉勾起嘴角。「我很期待你的成品，到時候一定要記得給我看喔。」

「當然。」

凱拉伸手揉了揉他的頭頂，從椅子上站了起來，準備離開房間。

「噢，然後。」來到房門口時，凱拉又回頭看了他一眼。

「怎樣？」

「如果你那首歌可以讓男人產生那種反應……」凱拉意有所指地對他揚了揚下巴。「我覺得你應該會紅的啦。」說完後，她便走出了房間，還十分有禮地替他把房門帶上了。

「什麼？」

丹尼爾撐起脖子，這才發現，也許是因為剛才他的大腦還在回想音樂錄影帶的畫面和克里斯的事，他的陰莖正毫無遮掩地在運動短褲的下方腫脹著。

靠。

他還真的像是個無藥可救的初戀處男。

*

照著約定的時間，丹尼爾在星期三早上九點，出現在克里斯公寓社區的停車場裡。他正掏出手機，準備傳訊息給克里斯時，他便看見一個最近變得無比熟悉的身影，從他那棟的公寓一樓走廊中走了出來。

克里斯臉上帶著燦爛的微笑，一頭金髮束在腦後。他一邊的肩膀上掛著一個海灘用的束口袋，身上穿著寬鬆的T恤和海灘褲。今天的克里斯，看起來不像是個脫衣舞男，更像是一個要準備去海邊享受陽光的大學生。

丹尼爾瞥了自己的穿著一眼，忍不住挫折地嘆了口氣。他還是穿著T恤配格子襯衫，不過這次他至少知道要換上一條工作短褲，以免自己看起來像是個徹頭徹尾的書呆子。

丹尼爾打開車門的鎖，克里斯便自動鑽進了副駕駛座。

「早安啊，丹丹。」克里斯把背包丟在腳踏墊上，一邊繫上安全帶，一邊說。「準備好要去聖塔莫尼卡一日遊了嗎？」

「講得好像你沒有去過聖塔莫尼卡一樣。」丹尼爾哼笑了一聲。

「的確不是第一次去。」克里斯承認道。「但這就是聖塔莫尼卡的魅力所在啊。每一次去它的海灘、去逛它的商圈，都像是第一次一樣新鮮。」

「你是怎樣，小學生嗎？」丹尼爾咕噥道。但他不得不承認，克里斯說得倒是挺中肯的。

聖塔莫尼卡是個小小的海岸城市，距離洛杉磯市中心只有半小時不到的車程。三年前，丹尼爾剛來到洛杉磯時，他就和凱拉與達克一起去過一次。達克是在橘郡土生土長的加州人，雖然距離聖塔莫尼卡的海邊有一段不短的車程，但據他的說法，在他的成長過程中，他們家的人幾乎每個星期都要去一趟。這對他們來說，幾乎是一種朝聖之旅了。

而丹尼爾可以理解達克一家為什麼會對這個海岸城市情有獨鍾。除了每個公路旅行者都一定要到訪的六十六號公路終點之外，這個城市似乎擁有著不符合它規模的熱情與活力。和性感火辣的邁阿密海灘不同，聖塔莫尼卡的海岸商圈，整體就像是一個大型園遊會或遊樂園。沿街設立的攤販、各式商店，以及在海灘碼頭上的小遊樂園，使這裡隨時都有川流不息的人潮。

「就算是小學生，也是最帥的那種。」克里斯把落在臉頰旁的頭髮塞到耳後，對丹尼爾露出裝模作樣的笑容。

為了掩飾自己臉頰不由自主升起的熱度，丹尼爾撇開視線。「我們出發吧。」

「當然，你說了算。」克里斯邊說邊向後靠在椅背上，開始跟著丹尼爾車上播的音樂哼起歌來。

準備駛出停車場時，丹尼爾說：「如果你想要換歌單，我也完全沒問題。」

「換歌單？你在開玩笑嗎？」克里斯驚恐地看著他。「我坐在一個音樂系學生的車上，我怎麼敢對他的音樂清單有意見呢？」

「而你是個專門跳脫衣舞的攝影師。」丹尼爾反唇相譏。「我相信你對音樂的品味一定也很不錯。」

克里斯大笑起來。「哎唷，丹丹。不錯，你終於聽起來像自己了。這是個好的開始。」

於是丹尼爾把自己的手機遞給克里斯，一邊駛上了停車場外的柏油路。克里斯從音樂軟體中找出了一首首歷年經典歌曲，包括老菸槍雙人組的〈靠近我〉、納斯小子的〈鄉村老街〉，還有大衛．庫塔的〈金剛不壞〉。當兩個人扯著喉嚨唱出「我是金剛不壞之身」時，丹尼爾驚訝地發現，原本要和克里斯共乘一部車、還要相處一整天的焦慮之情，居然不知道何時煙消雲散了。克里斯挑選的歌全都是告示牌排行榜上有名的歌曲——也就是凱拉口中那種稱不上是「歌」的東西。但是好記的詞曲就是讓人琅琅上口：他們兩人可以一首接著一首地唱下去。

「我得說，克里斯。」丹尼爾一手搭著方向盤，瞥了一眼坐在右手邊的克里斯。「我真心覺得，你果然還是適合當舞者和導演就好了。」

「喔？」克里斯挑起眉。「怎麼說？」

「因為你如果想要當歌手，你的歌聲一定會讓你餓死。」丹尼爾勾起嘴角。「認真說，我沒有聽過比你還會走音的人了。」

「靠，丹尼爾。」克里斯肅穆地緩緩搖起頭。「我開始覺得，我比較喜歡原本那個不會說話的你了。」

「你不需要喜歡我。」丹尼爾反射性地回答。

他可以感覺到克里斯的視線停留在他臉上。「嗯，這似乎不是我可以控制的。」克里斯輕巧地說道。

丹尼爾翻了個白眼，把注意力完全放在眼前的路況上。

當他們來到聖塔莫尼卡市區的商圈時，大部分的店家都還沒有開，只有餐廳和販售食物的小攤販開始營業。丹尼爾在路邊繞了一會，最後找到了一個收費還算合理的停車場。

經過幾分鐘的討論後，他們決定先去買熱狗和檸檬汁當早餐，然後從海灘開始拍起。

說實話，在和熱狗攤的小販結帳時，克里斯的手機鏡頭對著丹尼爾，還是使他感到有點不自在。被人錄影是一回事，想到這段影片是所謂的「男友視角」，之後還會被用在他的音樂錄影帶裡，就讓他覺得難為情至極。

他把熱狗遞給克里斯後，對方才把手機收進口袋裡。

「下一站，巨無霸果汁舖！」克里斯宣布道。

十五分鐘後，兩人一邊吃著大亨堡，一邊往海灘碼頭走去。

克里斯買了票卷後，兩人便搭上了小小的摩天輪。

「來吧，丹丹。」克里斯說。「我們來個自拍。」

「照片？」丹尼爾皺起鼻子。「我以為音樂錄影帶裡只會有影片。」

「誰跟你說這要放進錄影帶裡了？」克里斯看起來有點受傷。「這只是『我想拍』的而已。作為回憶用的。」

丹尼爾想不到更好的理由可以拒絕。於是他們對著摩天輪包廂的玻璃窗豎起大拇指，連續拍了好幾張像是觀光客一樣的自拍照。

結束摩天輪的行程後，兩人在碼頭上又逗留了一會，拍攝克里斯要用來剪接的影片畫面。海灘的風很大，帶著海水的鹹味和黏膩的觸感，但丹尼爾並不介意。克里斯在販售紀念品的攤販買了兩副廉價的太陽眼鏡，並把愛心鏡框的那副交給了丹尼爾。雖然很不願意，但這比另一副在鏡框上黏著兔耳的好多了。克里斯拍了丹尼爾戴上眼鏡的影片，然後把手機交給他，叫他拍攝克里斯自己帶著兔耳眼鏡蹦蹦跳跳的畫面。

隨著時間接近中午，他們又前往商圈的美食街。他們找了一間壽司店，點了綜合壽司盤，並讓克里斯拍攝兩人笨拙使用筷子的模樣。下午時分，他們又回到海灘邊，在販賣部買了便宜的拖鞋，然後在沙地裡踩得滿腳都是金黃的沙粒。

和克里斯走在聖塔莫尼卡市中心人潮洶湧的街道上，使丹尼爾產生了一種很不真實的感覺。就像他開始熟悉的那樣，克里斯是個熱情、活躍，而且十分幽默的人。他的幽默感有時有點下流，但丹尼爾並不討厭他這樣——畢竟他是個脫衣舞男，這似乎是他行事的基調——漸漸地，丹尼爾已經能夠無視他的手機，在和他說話時不再下意識地瞥向鏡頭，也能不受拍攝影響地與他一來一往地開玩笑。

整個行程不可避免地越來越像是一場約會。丹尼爾的大腦不斷提醒他那些像是約會的細節：克里斯會在想要在哪一間店停留時，直接抓住他的手腕，拉著他往商店走去；或是在丹尼爾太專心地瀏覽櫥窗、差點撞到對向行人時，直接攬住他的肩膀，把他拉開。此外，也許那就只是一種無法言喻的氣氛：丹尼爾時常在偷瞄克里斯的臉時，注意到對方已經在看他了，而且並不是為了錄影的關係——他的手機根本沒有拿在手上。前面幾次，丹尼爾都只是快速轉開視線，想要製造他們的對視只是意外的錯覺；當他們買完義大利冰淇淋，丹尼爾轉過身，又發現克里斯正在看著他的時候，丹尼爾終於忍不住了。

「你到底在看什麼？」他走回克里斯身邊，壓低聲音問道。「我的褲子拉鍊沒拉嗎？」

「沒有。」克里斯四兩撥千斤地回答。「但如果你不介意的話，我倒是很樂意再幫你拉下來。」

丹尼爾忍住把冰淇淋往他臉上塞去的衝動，趕緊吃了一大口自己的覆盆莓口味，希望口腔裡冰涼的感受，能讓他發熱的腦袋冷靜下來。克里斯只是竊笑著，滿意地挖了一口檸檬口味的冰。

時間過得很快，當丹尼爾想到要看手機上的時鐘時，才發現時間已經逼近下午五點了。此時，他們正坐在商圈的長椅上，討論著夏奇拉的舞曲。和大部分人所想的不一樣，夏奇拉的歌只有特定的人表演起來才會好看，像克里斯就是不適合表演她的舞曲的人。

「說到俱樂部。」丹尼爾皺起眉頭，瞥了一眼自己的螢幕。「現在已經五點了。你什麼時候要回去表演？」

「今天我不用表演。」克里斯對他眨了眨眼。「我向俱樂部請假了。」

丹尼爾愣了愣。「什麼？一個晚上的小費不是很多嗎？」

「但是和你一起到海邊來一整天的機會更難得。」克里斯說。「我覺得這值得我拿一天的小費來換。」

丹尼爾在他臉上搜索著，想要尋找他在開玩笑的痕跡，但是卻遍尋不著。丹尼爾張開嘴，卻一個字也說不出來。

「既然你提到時間。」克里斯不著痕跡地換了個話題，替他解了圍。「我們去找間餐廳吃晚餐吧？順便還可以看聖塔莫尼卡的夕陽。」

丹尼爾聳聳肩。「有何不可？」

兩人從推薦網站中找了一間燒烤酒吧，便趁著用餐時段還沒達到尖峰，動身前往餐廳。

位於海岸邊的餐廳裝潢得十分浪漫，木頭打造的內裝像是鄉村酒吧，光線昏黃，將一切都染上一層如同復古濾鏡般的棕色光暈；靠近海岸的那一側，則是一片室外用餐區的露台，掛著一串串圓形的小燈泡。

負責帶位的服務生看著他們，露出會心的微笑。「兩位在約會嗎？」她對兩人眨了眨眼。

「呃，不……」

丹尼爾正想要否認，克里斯卻一手搭上他的下背，使他硬生生地將話吞了回去。他錯愕地瞥了克里斯一眼，但對方似乎一點也不覺得哪裡不對勁。

「請問我們可以坐在露台嗎？」克里斯彬彬有禮地問道。「這裡的夕陽太美了。」

「是真的很美。」女服務生認同道，一邊拿起兩份菜單，對著兩人微微傾身。「那麼兩位這邊請。」

在她的帶領下，兩人穿過食物香味四溢的餐廳，走出了後方的玻璃門。她將兩人安排在靠近欄杆的桌子。圍欄的另一邊就是一望無際的海洋；此時的天色還沒有開始轉暗，只有遠方的天空，開始染上一點不太明顯的粉紫色。

「這個位置太完美了。」克里斯對女服務生微笑道。「謝謝妳……」他瞥了一眼服務生胸前的名牌。「卡琳娜。」

「我的榮幸。」卡琳娜回給他一個微笑。「請問兩位要喝點什麼呢？」

克里斯看了丹尼爾一眼，丹尼爾便了無新意地點了可樂。克里斯則點了激浪汽水。

等到卡琳娜帶著飲料回來，替兩人點完餐之後，克里斯向後靠在椅背上，吐出一口長氣。

「好啦，現在我們只要等太陽下山就好了。」他得意地說道，好像這一切都是他一手安排的一樣。

「怎麼？連夕陽都是偉大的克里斯可以指揮的嗎？」

「算是吧。」克里斯竊笑起來。「我等一下可以示範給你看。」

丹尼爾翻了個白眼。他真的該訓練自己的大腦，不要再一看到克里斯的笑容就臉紅了。作為讓自己分心的手段，丹尼爾轉過頭，用手機對著海平面拍了一張照片。當他轉過頭時，才發現克里斯也正拿著手機對著他。

「我以為素材已經拍夠了。」丹尼爾對他挑起眉。

「就像我說的，這是回憶用的。」克里斯聳聳肩，把手機放回桌面上。

丹尼爾垂下視線，避免與他對視。和克里斯這樣對坐，除了聊天之外什麼也不做，還是讓他感到有點難為情——如果不說是害羞的話。「我一直很好奇一件事。」丹尼爾咬著玻璃杯裡的吸管，看著冰塊在杯中載浮載沉。「你在跳舞的時候，你的目標客群是哪些人？」

「有錢又樂意花的人？」克里斯提議。

「不是啦。」丹尼爾氣惱地看了他一眼。「我是指，男人還是女人？」

丹尼爾聳了聳肩。「我猜，真要說的話，應該兩者都是？」他說。「我是說，我沒有特別拿哪一種客群來打廣告。像伊曼，他的客群主要就都是女性；而傑夫則幾乎都是男性。這其實蠻有趣的，你會發現某一種形象的人，就是會比較容易吸引到特定的族群。」

那你受哪一種人吸引？

丹尼爾很想這麼問，但他用一大口可樂，把這個問題吞了回去。

卡琳娜這時帶著兩人的薯條和雞翅前菜回來了，因此兩人的話題暫時中斷。

「好吧，換我問問題了。」克里斯用叉子叉起一根薯條，沾了蜂蜜芥末醬後塞進嘴裡。

丹尼爾的身子一僵。他要問什麼？如果他問他一些難以啟齒的問題，他該怎麼辦？

不過克里斯接下來說的話，使他不知道該感到失望，還是鬆一口氣。「你說你是從達拉斯來的，對吧？」他說。「我很想相信你只是單純為了大學而來，但聽你上次說的話，這應該不是全部。」

丹尼爾回想起他們在電影院附近的珍珠奶茶店所說的話。他搖搖頭。「不是。」

「很好，那現在就是你說故事的時間了。你是寫歌的人，你應該很會說故事才對。」克里斯含住自己杯中的吸管，聚精會神地盯著丹尼爾。

嘆了口氣，丹尼爾思索了一下。這是他最害怕的部分，問題不在於說自己的故事，而是在於，他實在不太知道說故事的界線；他很擔心自己一不小心就會過度分享，就像他偶然讓克里斯聽到自己本來沒打算公開的那首歌一樣。

「你想要長的版本，還是短的版本？」他問。

「我要最完整的版本。」克里斯說。「就像〈別停止相信〉寫的那樣，『住在底特律的城市男孩』。不過你是住在達拉斯的男孩就是。」

丹尼爾緩緩在杯中攪了攪吸管。「好吧。」他小心翼翼地說。「也許聽起來會是個很老掉牙的故事。我爸媽在經營我爺爺所開的建材公司，他們負責和工廠訂購建材，然後再出貨給各大建設公司。我們家算是……有個小企業吧。」

「小企業？我覺得這裡聽起來有點奇怪喔。」克里斯笑了起來。「你姓什麼，丹尼爾？我們來查查你家公司。」

丹尼爾猶豫了一下。有什麼好隱瞞的？如果他真的打算要和克里斯有什麼發展——如果真有那麼一絲機會的話——他勢必得讓對方知道他的全名。

「泰勒。」

克里斯在手機裡快速地打了幾個字，點開搜尋引擎的第一個結果。丹尼爾謹慎地看著他的表情。

克里斯的雙眼倏地睜大。

「總部位於達拉斯，負責人姓泰勒的建材公司，應該沒有非常多家吧？」克里斯抬起頭，緊盯著丹尼爾的臉。「你家的公司有川普集團的投資耶，丹丹。我可不會說這是『小企業』。」

丹尼爾的臉紅了起來。「那不是重點。」

「嗯，我現在可以理解你所謂的苦衷了。」克里斯說。「在這種企業家族，想要做自己想做的事，應該不容易吧？」

「是不容易。」丹尼爾同意道。「我從小就喜歡音樂，一開始，我爸媽也很樂意讓我學習各種樂器，像是鋼琴和小提琴。我很感謝他們的付出，真的。但是後來我開始喜歡上作曲……」

克里斯輕輕地說：「而他們不喜歡，對吧？」

「我爸一點都不在乎，我媽則覺得那只是小孩子無聊時的產物，你知道，就像是小時候的著色畫那樣。」丹尼爾還記得，小學時，他第一次把自己偶然在洗澡時哼出來的歌唱給父母聽，他的媽媽覺得他天真又幼稚，爸爸則只是問他鋼琴練過了沒有。唯一給過他誇獎的，是媽媽的秘書。「上了中學之後，我媽的秘書幫我安排了一個社區大學的吉他老師，當我的吉他家教。所以我才開始學吉他，但我爸媽覺得學吉他是浪費時間，也不夠高雅。」

克里斯哼了一聲。「裝模作樣。」

「總而言之，從中學到高中，我終於確定，這才是我一直想要做的事。我不想要在我爸媽的公司工作，我只想要做音樂——這是個很奢侈的夢想，我知道。我也知道，就是因為我爸媽有錢，我才有本錢學那些樂器。」丹尼爾說。「但是我不想要受制於他們的財富，你知道嗎？」

「嗯，如果我爸也和你爸媽一樣有錢，我可能不會說一樣的話。」克里斯打趣地說道。然後他的表情變得認真。「但我懂你的意思。老實說吧，我寧可像現在這樣，沒什麼錢，但是也沒有人在後面扯我的後腿。」

「他們有幫我存一筆大學基金，掛在我名下的那種。」丹尼爾說。「我本來不打算使用的，但是因為這筆基金的關係，我沒有辦法申請學生貸款。他們的那筆基金在我十八歲時正式開始撥款，他們也沒辦法終止它。所以這實在有點羞辱人，你知道嗎？我一邊拿著家裡的錢，一邊說我想要靠自己、做我想做的事。沒有人會相信我的。在別人眼中，我就只是一個得了便宜還賣乖的富家子弟。」

丹尼爾閉上嘴，深吸一口氣。很好，丹尼爾，這就是教科書等級的過度分享。誰會告訴別人自己是個有錢人家的公子哥，還能躺著領家裡的錢啊？如果克里斯是黑道幫派份子，他或許現在就已經在計畫要綁架他了。嗯，也許他的確已經……

克里斯彈了彈舌頭。

「哇喔。」他不可置信地搖著頭。「好吧，我得承認，這跟我想的真的不一樣。但是你如果跟凱拉年齡相當，那你應該已經要畢業了，對吧？」

丹尼爾默默地點點頭。

「那畢業之後呢？」克里斯問。「你打算怎麼做？」

「我不確定。」丹尼爾聳聳肩。「我是說，這幾年暑假有去唱片公司實習過，也去過一間電影配樂的製作公司，也準備了不少作品。我猜我就是看看畢業後有什麼工作機會吧。」

「至少你喜歡的東西很明確。」克里斯說。「只要你對得起自己的熱情，其他人說什麼，就不是很重要了。」

「我想是吧。」

卡琳娜端著兩人的主餐回到桌邊。兩人謝過她後，便各自開始進攻自己的食物。克里斯分了丹尼爾一塊自己的烤魷魚，丹尼爾則切了一塊鮭魚排給他。他們沉默地吃了一會，然後克里斯放下刀叉，用紙巾擦了擦嘴。

「好吧，丹尼爾，聽我說。」他認真地看向丹尼爾。「我是這樣想的：你的父母擁有一間公司、你有他們準備的大學基金，這不是你的錯。你利用他們給你的資源，也不是你的錯。事實上，如果你不好好利用這些資源，這才是暴殄天物呢。」

「嗯……」

「相較之下，那些拿了錢還只會作亂的有錢人才討厭吧。」克里斯竊笑起來。「跟你說，來俱樂部玩的客人裡，這種人還真多。以為付了錢就是大爺，就想要對舞男上下其手的人，可能多得超過你的想像喔。」

不知道為什麼，聽克里斯這麼說，丹尼爾突然覺得鬆了一大口氣。

「我猜應該蠻多人會對你上下其手吧。」丹尼爾脫口說道，隨後便恨不得狠狠踢自己一腳。他怎麼會說出這麼政治不正確的話？

「你絕對想不到的。」克里斯嘴角的微笑，看起來倒是很得意。

「那你呢？」丹尼爾嚥下嘴裡的食物，問道。「你有什麼故事？」

「噢，聽完你的故事之後，我突然覺得不是很想說我自己了。」

「拜託，克里斯。」丹尼爾抗議道。「這樣不公平。」

「這世界本來就不公平。」克里斯聳起眉。「不是每個人家都有一座金山的。」

丹尼爾的臉灼熱起來。克里斯的手越過桌面，輕輕搭上丹尼爾的手背。「好啦，好啦。我開玩笑的。」

丹尼爾的手一震，他壓下自己將手抽回的衝動，只是盯著克里斯看。

「嗯，我的故事就很無聊了。」克里斯微微笑。「我爸是單親爸爸，欠了一屁股債，失業酗酒，還會打人。我逃家，連高中都沒有唸完，就跑去愛琳開的俱樂部當舞男。後來我老闆和對手起了衝突，跑到加州來落腳。我就和她一起來了。就這樣。」

「就這樣？」丹尼爾挑起眉，瞪視著他。「我說了這麼多，然後你就說這樣兩句話？」

「因為這真的沒什麼好說的。」克里斯臉上依然掛著微笑。但丹尼爾不確定是不是自己多心，他覺得他的表情似乎變得沒有那麼明朗了。「誰沒有一點悲慘的故事？被家暴的婦女和小孩，每天都有成千上萬個。我已經算幸運的了。我是說，我住在洛杉磯耶。不是每個逃家的小孩，都能在洛杉磯混得這麼好的。」他勾著嘴角，講著平常他會講的那種笑話。「我老闆的脫衣舞男俱樂部做得有聲有色，而且她對我真的很好。」

「像是什麼？」丹尼爾問。

「像是她非常堅持要我去考高中同等學力證明。所以我現在才有可能去唸電影學院。」克里斯回答。「我付不出房租的時候，是她先幫我代墊的。也是她教我開車，還帶我去考駕照的。就某方面來說，她在丹佛的俱樂部之所以會開不下去，也是因為我爸——她當時遇到競爭對手的針對，然後我爸又不知道怎麼找到我的，偏偏在那時候跑去俱樂部鬧場。愛琳大可把我這個麻煩鬼踢出去，你知道嗎？但她沒有。她叫我爸滾蛋，然後帶著我離開了科羅拉多。她比我媽還要像我媽——但如果她聽到我這樣說，她會掐死我的。」他自顧自地笑了起來。「愛琳從來沒有說過她的年紀，但我猜她應該跟我媽年紀差不多啦。」

「那你幾歲呢？」丹尼爾問。

克里斯從口袋裡抽出了自己的錢包。「二十二。」他把駕照推到丹尼爾面前。「真心不騙。」

丹尼爾看著洛杉磯駕照上克里斯稚嫩的臉龐。那張照片應該是在他剛搬來洛杉磯不久之後拍的，臉頰比現在圓潤了一點，但就連模糊的駕照照片，克里斯那雙眼睛都還是藍得驚人。

「克里斯·B·哈德威。」丹尼爾說。「你真的叫克里斯？」

「什麼？」克里斯露出誇張的吃驚表情。「我不敢相信，你認識我這麼久了，你居然連我的名字都不相信？」

「對不起。」丹尼爾承認道。「我一直以為舞男們都會用化名。」

「克里斯這個名字本身已經夠像化名了。」克里斯眨了眨眼。「如果別人以為我的本名另有其名，那也不錯，對吧？」

「不過……」丹尼爾思索了一下。「你跑來洛杉磯，你爸爸不知道嗎？」

克里斯嗤之以鼻。「看在上帝的份上，他最好不要知道。天知道他會不會又跑來找我討錢。我剛離開的那一年，他還會一直打電話來。我封鎖了他的號碼，他又改用預付卡或是公用電話。到後來，我就再也不接不明號碼的來電了。」

「你為什麼不直接換電話就好？」

「太麻煩了。」克里斯說。「我的帳單和所有資料上填的都是這個號碼。我為什麼要為了一個混蛋這麼大費周章？」

「我懂。」丹尼爾點點頭。「那樣感覺就像是你輸了，對吧？換了電話，就像是你承認你對他的騷擾妥協了。」

克里斯露出了共謀般的微笑。「一點也沒錯。」

丹尼爾還打算要說些什麼，但克里斯往海面的方向瞥了一眼，便從座位上站了起來。「丹丹，你看。」

丹尼爾跟著站起身，站在克里斯身邊，順著他的視線方向看去。

此時時間逼近晚上七點，正是聖塔莫尼卡的太陽開始下山的時候。接近海平面的地方，海水和天空被染成了溫暖的橘紅色。再更高的地方，天空逐漸轉變為藍色與紫色，映襯著不遠處的海灘碼頭上，摩天輪藍橘交錯的燈光。粉橘、粉紅與深藍的色澤，將稀疏的雲朵染成各種色塊。整個畫面就像是一張色彩鮮豔、卻又莫名協調的明信片。

露台上的人多了起來。許多餐廳內用餐的客人，也走到露台的欄杆邊，欣賞聖塔莫尼卡著名的夕陽景色。克里斯拿出手機，快速拍了幾張照片。

「我現在知道你為什麼要請假留在這裡了。」丹尼爾說道。

「喔？」

他感覺到克里斯轉過頭來看著自己。丹尼爾的臉頰一熱。他鼓起勇氣，轉向克里斯。克里斯的手臂靠在欄杆上，在瑰麗的夕陽光線之下，克里斯的半張臉看起來幾乎像是博物館中的肖像畫。

「那你呢？」克里斯輕聲說道。「你高興自己在這裡嗎？」

丹尼爾近乎著迷地看著克里斯的嘴唇移動的樣子。

聖塔莫尼卡的日落一定有某種魔力；又或許是因為剛才聽了克里斯的故事，他突然瞥見平時看起來無憂無慮的舞者，一瞬間露出的脆弱。在那一刻，丹尼爾的腦中只有一個念頭：他好想要親吻克里斯。

於是他就這麼做了。

Chapter 10

丹尼爾坐在家庭餐廳沙發座的靠窗位置，看著克里斯聚精會神地在他的筆電上忙碌。本來丹尼爾自己也該處理自己的音樂部分，但他發現坐在克里斯的身邊，他真的很難專心，就算戴著耳機也一樣。

他們的合作逐漸來到尾聲。丹尼爾的歌曲已經進入最後的細修，這幾天他在學校的錄音室將人聲錄製完成，正在處理音軌的合成；克里斯也在收到丹尼爾錄製好的音樂檔案之後開始剪輯影片。

克里斯的螢幕上，此時正是他們兩人在電影院裡並肩而坐的畫面。丹尼爾近乎著迷地看著克里斯工作，但螢幕上反覆播放的影像，卻使他感到無比難為情。

他有點好奇克里斯對這個工作有什麼想法；這樣看著他們兩人曖昧而充滿張力的錄影，他是單純把這當作剪輯用的素材，還是他的內心也會產生一點難以言喻的感受？

這時，克里斯似乎是終於注意到丹尼爾的目光，轉過頭來看了他一眼。和丹尼爾對上視線時，他彎起眼，露出一個令丹尼爾屏氣凝神的微笑。克里斯的嘴動了動，說了一句什麼，但戴著耳機的丹尼爾什麼也聽不見。他皺起眉，困惑地看著克里斯，而後者則笑開了嘴，指了指他的耳機。

丹尼爾的臉瞬間一陣溫熱。他摘下耳機，放在面前的筆電鍵盤上，然後佯裝鎮定地看了克里斯一眼。「幹嘛？」

「我說：『你的口水要流出來了。』」克里斯平靜地說。

丹尼爾惱火地瞪著他。「並沒有。我只是看你剪輯影片，覺得很有趣罷了。」

「是嗎？」克里斯微笑。「我還以為你覺得畫面太火辣，快要受不了了呢。」

丹尼爾把視線移回自己的筆電螢幕，瞪視著眼前混音軟體的音軌，一句話也沒說。自從上個月兩人去了一趟聖塔莫尼卡的海灘之後，克里斯對他的說話的方式就變成這樣了：每一句話都像是在調情——他不知道這究竟是好是壞。他甚至不確定克里斯究竟有沒有那個意思。

在燒烤餐廳的露台上，丹尼爾一個衝動之下吻了克里斯。他笨拙的吻一開始似乎嚇到了對方，但幾秒鐘之後，克里斯便回過神來，開始回應他。過了不久，丹尼爾才意識到，身邊的其他顧客正在對他們發出歡呼與口哨聲，或許以為他們是剛求完婚的情侶，又或許是因為在聖塔莫尼卡的夕陽下，一切都被染上了過度浪漫的色彩。

那天他們兩人是牽著手離開餐廳的。他們沿著人行道走回早上停車的地方，身邊盡是一對對情侶、夫妻、或是結伴出遊的好友們。

「如果你平日白天沒有課，你就來我工作的餐廳吧。」回程車上，克里斯這麼說道。「你可以帶你的電腦來工作或寫作業。別擔心，我們店裡的飲料是無限暢飲喔。」

載克里斯回到公寓社區時，丹尼爾對於是否要和克里斯吻別陷入了內心交戰，但克里斯替他解決了這個問題——他蜻蜓點水地擦過丹尼爾的嘴唇，對他說了晚安，還有一句「明天見」。

於是隔天，丹尼爾就在早上九點準時出現在克里斯工作的餐廳停車場。

再後來……嗯，後來就沒什麼好說的了。克里斯的餐廳同事一開始還對丹尼爾的出現表示過懷疑，但是一個星期之後，他們似乎把他當成了餐廳裡的另一張椅子，不再對他投以好奇的目光，都只是從他坐的那張桌子邊掠過。提早到餐廳的克里斯也會帶他自己的電腦，他們會並肩坐在靠窗的沙發座，各自處理自己負責的工作。

這一個月中，他逐漸得知，克里斯的生活甚至比他還要規律：從餐廳下班後，克里斯會先去俱樂部的小健身房運動，順便為晚上的表演熱身；表演過後，他會評估自己當天的精神狀況，決定要在俱樂部待到當天閉店、或是提早回家睡覺。然後隔天，他又會準時出現在餐廳，帶著他的筆電，用一個早上的時間處理影片剪輯的事。

「你都不需要時間做別的事嗎？」丹尼爾曾經試著調侃他，試探性地問。「沒有別的飯局、或是其他……你知道的？」

「其他什麼？」克里斯只是挑著眉，把問題拋還給他。「找人打炮或是約會嗎？」

「呃……」

「很不幸地，我最近忙到沒有時間和人完完整整地打一炮。」克里斯神情肅穆地說。「所以我最多就是睡前花五分鐘自己解決，或是直接倒頭就睡。這樣有回答到你的問題嗎？」

丹尼爾只是假裝他沒有聽出最後一句話裡，克里斯語調中的一絲笑意。

然後一個月的時間就這樣過去了。時間邁入十月底，再過兩個星期，就是繳交單曲給製作人的死線了。

丹尼爾不擔心自己會遲交，他只擔心交出去後製作人的反應。他一方面有些害怕他的影片會被視為消費同性戀者的譁眾取寵之作，一方面又隱約有點恐懼自己會直接被出櫃。

事實上，這部影片簡直就是他的世紀出櫃宣言——如果真的有人看見的話。如果他否認自己是同性戀的事實，那他就只是想要搭多元性別的順風車；如果他承認那就是他本人的故事，他不知道自己究竟有沒有勇氣承受其他人目光的改變。他的同學們會用什麼方式看待他？他們會覺得驚訝嗎？

更糟糕的是，他們會不會覺得他是個裝模作樣、自命清高的討厭鬼？

丹尼爾既希望這首歌和錄影帶能讓製作人刮目相看、甚至在網路上帶來一點點聲量，卻同時又矛盾地希望它就默默地消失在網路的洪流之中，最好只要得一個普通的分數、獲得一個普通的評價，然後就這樣就好。

「……你覺得呢？」

「什麼？」

克里斯用有趣的目光打量著他。

「我開始懷疑你其實一點都不想要坐在這裡了。」克里斯說。「你有點心不在焉喔，丹丹。」

丹尼爾拿起眼前的可樂喝了一口。「我只是在想學校作業的事情。」這甚至不算是個謊言。「怎樣？」

「我剛才問你，能不能幫我寫一首歌。」

丹尼爾瞇起眼。他是不是聽錯了？「什麼？」

克里斯只是挑起眉，沒有說話。

「我沒辦法啦。」丹尼爾回答。「我沒辦法就只是『寫一首歌』給你。這種事不是這樣運作的。」

「我知道、我知道。」克里斯說。「你需要靈感。我懂。我只是在想，如果你能為我寫一首歌，我或許可以——你知道，把它做成我在俱樂部的固定演出歌曲之類的。就像是一部電影的主題曲那樣。」

「我不確定我有沒有辦法寫出舞曲。」丹尼爾說。

「只要簡單的旋律、和弦和歌詞就好了。」克里斯慫恿道。「編曲的部分，我可以交給尚恩幫忙。」

丹尼爾沉默地看著他。克里斯在玩什麼把戲？

事實上，丹尼爾的確有在寫一首新的歌——勉強算是吧。他只是把自己和克里斯相處這段時間以來的一些想法寫了下來，甚至還有初步的旋律構想了，就錄在他的手機備忘錄裡。但這一開始只是純粹作為紀錄而已：有些人會寫文字日記、有些人會製作繪圖日記、有些人會拍攝Vlog，而他則是寫歌。

但他沒有打算要把這首歌送給克里斯。

「拜託？」克里斯露出楚楚可憐的眼神。「我會付錢給你的。」

丹尼爾又打量了他一圈，最後氣惱地嘆了一口氣。「我不會收你的錢。」

克里斯咧開嘴，露出令丹尼爾無法直視的潔白牙齒。「謝了，丹丹。」他湊上前來，往丹尼爾的腦門上印下一吻。

這一個月中，克里斯越來越常對他做出這些充滿暗示的小動作——這樣還算是暗示嗎？——而丹尼爾到現在都還沒習慣。他含糊地哼了一聲，表示聽見，然後把注意力全部放在眼前的螢幕上。

那天下課回到公寓後，達克和凱拉都不在家。達克最近開始忙著面試各家科技公司的助理工程師工作，他見到達克的時間甚至比凱拉還少；凱拉則去俱樂部上班了。

轉眼間，他們各自都要在半年內畢業，到時他們還繼續當室友的可能性就不高了。或許是因為最近經過達克的房門口時，越來越少看見他在電腦桌前戴著耳機玩遊戲的畫面，丹尼爾更是深刻體會到他們的室友情誼快要結束的感覺。

他有點惆悵地瞥了一眼達克房門敞開而漆黑的房間，然後回到自己的臥室。

在電腦桌前坐下後，丹尼爾打開螢幕，然後開啟一個新的錄音檔。他打開電子琴的電源，手指漫無目的地在琴鍵上遊走，彈出一小段旋律。

他不知道要寫什麼歌給克里斯。幾分鐘之後，他從手機中翻出自己錄的那一小段備忘錄。

也許我永遠無法進入你的世界
也許我們最後會是兩條平行線
希望我可以在你心中佔有一席之地
希望我可以成為無法抹滅的痕跡

這首歌只是他寫給自己做紀錄的罷了；他在寫的時候甚至想的都是迪士尼的那幾部動畫，只是想要滿足自己小小的罪惡快感：《小美人魚》、《泰山》，還有《玩具總動員》。他根本也不知道要怎麼把這首歌寫完。

然後某個念頭突然從他腦中閃過。他低頭看著桌上的電子琴，然後試探性地彈了幾個音符。

＊

「準備好了嗎？」克里斯一邊遞給他一瓶薑汁汽水，一邊鄭重地宣佈道：「丹尼爾・泰勒出道曲的首映大會即將開場囉。」

丹尼爾好笑地看著克里斯煞有其事地打開桌上的提拉米蘇，並小心翼翼從中間切成兩塊，為只有兩個人的首映會準備甜點。

此時，他們坐在克里斯公寓的小客廳沙發上，面對著茶几上的筆電。克里斯還刻意把客廳的窗簾給拉上，好隔絕上午的陽光。

前一天晚上，丹尼爾收到克里斯的訊息，告訴他影片已經剪好了。他邀請丹尼爾隔天早上去他家，一起把影片看過一次。他們距離製作人壓的死線還有三天時間，如果丹尼爾覺得影片有哪裡不符合要求，丹尼爾還有時間可以微調。不過丹尼爾很清楚，自己是不會提出任何要求的。這支影片的誕生早已遠遠超出丹尼爾的預期，他的臉皮可沒有厚到那個地步。

於是今天早上，丹尼爾便依約來到克里斯的公寓，準備第一次看看他們剪好的完整錄影帶。

克里斯拿起其中一個小碟子，遞給丹尼爾。「抱歉，我從超市只找得到這種蛋糕。但是心意比較重要，對吧？」

「你應該要把錢存下來的。」丹尼爾回答，但話一出口他就後悔了。他知道克里斯存錢存得很認真，而且距離他電影學院學費的目標也只剩下幾千塊錢的差距了，但這不代表他有資格教育他該怎麼使用他自己的錢。「我是說，我可以在來這裡的路上順便去買。」

「我知道。」克里斯微微一笑，把丹尼爾無心的失誤打發掉了。「但是這可是你的大日子耶！你的第一支音樂錄影帶終於問世，你才應該是這個驚喜派對的貴賓啊。」

「然後我就要準備把這支偉大的影片傳給製作人，迎接我的分數了。」丹尼爾挖苦地說道，推了推眼鏡。「到那時候，我們才真的應該再開一場開箱分數的驚喜派對。」

我們？他咬了咬自己的舌頭。他是不是燒壞腦子了？

克里斯如果有注意到他不小心說溜嘴，他也沒有表現出來。「放心吧，作曲家。」他說。「分數不應該是最重要的，對吧？重點是，你從詞曲、混音、配唱、到影片演出，全部都包辦了。這個經驗是無價的。」

「你聽起來像是那種直銷業務。」丹尼爾皺起鼻子。

「但是我沒說錯。」克里斯回答。「相信一個連高中畢業證書都沒有拿到的人吧——他知道成績和人生沒有最直接的關係。」

有時候，丹尼爾實在不知道，克里斯這種自嘲究竟是不是認真的。自從克里斯和他說了自己的故事之後，丹尼爾就發現他很喜歡拿自己的背景開玩笑；這使得丹尼爾懷疑，他並不如表現出來的那麼自信。

克里斯從冰箱中拿了另一瓶薑汁汽水，在丹尼爾身邊的位置上坐下，然後一隻手指來到筆電的鍵盤上。

「要開始囉。」克里斯低聲說。

丹尼爾屏住氣息，點了點頭。

克里斯按下播放。

接下來的三分五十秒裡，只有輕巧的鋼琴聲、小提琴與簡單的打擊樂器，還有丹尼爾略帶青澀的嗓音。影片中兩人一開始略帶距離的好感、相互試探，隨著歌曲的進展變得越發火熱；在影廳中、在海邊的街道上，還有克里斯的公寓房間裡，兩人時而疏遠、時而接近。

丹尼爾瞪大雙眼，看著影片裡的自己。有些畫面，他甚至沒有注意到克里斯在拍攝。他們在聖塔莫尼卡的街道上行走時，兩人一前一後，丹尼爾在前面牽著克里斯的手，背景則是已經被黑夜籠罩的街景。丹尼爾半回過頭，像是在對克里斯說著什麼，嘴角帶著淺淺的微笑。

隨著歌曲進展到高潮，打擊樂器又增加了幾層，小提琴的音量也調高了。丹尼爾的歌聲帶著一點沙啞的喉音——他沒想到自己在錄音室裡生澀的嘗試，倒是帶來了意外的效果。畫面上兩人面對面、雙唇即將相貼的鏡頭，跟著音樂的節奏快速轉換，從電影院跳到克里斯的房間，中間穿插他們在聖塔莫尼卡的許多瑣碎片段。

最後，樂器伴奏一層層減去，直到最後只剩下鋼琴的伴奏，還有丹尼爾的哼唱。

音樂聲完全淡出後，螢幕上只有克里斯躺在床上，一手搭著丹尼爾的臉的畫面。克里斯的眼角帶著笑意，眼神向下看著丹尼爾的嘴唇，兩張臉緩緩靠近。

進入黑畫面之後，沒有一個人開口。丹尼爾仍直直瞪視著漆黑的螢幕，它現在正像是一面鏡子般，映照出兩人的臉。

「所以，你覺得如何？」克里斯的聲音從一旁響起，像是從很遠的地方傳過來的。「有什麼需要修改的嗎？」

丹尼爾幾乎沒有辦法眨動眼皮；他知道現在他只要一轉動眼睛，他憋了許久的眼淚就會奪眶而出。

這不是他第一首寫完的歌，也不是第一首有正式編曲的曲子，卻是他第一次錄音、配唱和加上音樂錄影帶的完整作品。這首歌在他腦中已經醞釀了好幾年，他遲遲沒有把它真正寫成可以發表的作品——他總以為他希望這首歌只屬於他自己一人，是他自己的私人日記。

但現在配上克里斯所製作的影像，他突然意識到，這首歌既已經不屬於他，卻又同時無比私密。這首歌仍然是他生命的一部分，是從他的人生中所提取出的一小塊記憶，但卻又是一首能夠放在影片平台上供人觀賞，和他人共享的娛樂作品。

他不知道這首歌和這部影片最後究竟能獲得多少迴響，但他現在只覺得激動不已。

「沒有。」他搖搖頭，垂下視線，把手中幾乎一口也沒喝的汽水放回桌面上。他的聲音沙啞得有點可笑；他清了清喉嚨，又試了一次。「我覺得……這樣就很好了。」

克里斯的一隻手搭上他的肩膀。「丹尼爾。」他輕聲說道。「你還好嗎？」

「還好。」

「丹丹，看著我。」

丹尼爾咬了咬嘴唇，轉向克里斯。眼眶的刺痛感使他的內心大喊不妙。他不想在克里斯面前哭——最主要是因為他不想解釋他落淚的原因。

「噢，丹丹。」克里斯的眉毛微微蹙起。但他沒有多說什麼，只是一手攬住丹尼爾的肩膀，把他拉向懷裡。「過來。」

丹尼爾的肩膀撞上克里斯胸口，以彆扭的姿勢靠在克里斯身上。他無法放鬆身體；儘管這一個月以來，他們的肢體接觸越來越多，丹尼爾仍然不確定他究竟該怎麼和克里斯相處。

親吻與偶爾碰觸手臂或手指，似乎都是再自然不過的行為，但是像這樣的擁抱或依偎，卻又是另一回事了——這是屬於情侶或約會對象的動作。而他們現在除了合作夥伴之外，還算是什麼呢？

克里斯挪了挪身子，靠向丹尼爾，兩人的大腿相貼。他的手臂環住丹尼爾，另一手則抱住他的頭。他的手指輕輕爬過丹尼爾短短的頭髮，指甲輕輕刮搔著他的頭皮，帶來令丹尼爾渾身一陣酥麻的觸感。他緩緩吐出一口顫抖的氣息，閉上眼睛，說服自己的肩膀放鬆下來。他靠在克里斯胸前，短暫地縱容自己享受對方的體溫。

「別哭。」克里斯的嘴唇貼在他的頭頂，喃喃說道：「如果我真的剪得這麼爛，我們也可以改用視覺化的音樂球當影片就好了。」

這句話不知道為什麼使丹尼爾噗的一聲笑了出來。他推起眼鏡，用手背抹去流下臉頰的淚水，然後深吸一口氣。

「不用改。」他轉過頭，抬起眼，正好對上克里斯盈滿笑意的雙眼。丹尼爾的臉色一紅，突然忘了自己要說什麼。他撇開視線，囁嚅地說道：「我覺得很棒。」

他有些難為情地撐起身子，脫離了克里斯的擁抱。不知道為什麼，與克里斯這樣什麼也不做、只是坐在沙發上擁抱，使他感到十分彆扭；在他心中，他似乎能接受他們兩人做出尺度更大的性行為，卻不能接受這種單純只是兩人互相表達好感的舉動。也許是因為性行為還有另一個更原始的本能在背後驅使，但這樣擁抱和依偎的動作，卻沒有任何藉口。

克里斯默默地看著他抽開身，似乎有什麼話想說，但丹尼爾決定假裝沒有注意到。空氣變得有些沉重，好像有什麼事情正要發生。

「我把檔案的連結傳給你。」最後，克里斯說。「你直接下載下來就可以交作業了。」

「我可以直接用你的電腦嗎？」丹尼爾問。「我現在就可以寄給製作人了。你知道，以免節外生枝。」

「還能發生什麼事？」克里斯取笑地說。「你怕多聽幾次之後，發現你有一段音樂錄錯了嗎？」

雖然這種事應該不太會發生，但丹尼爾不得不承認，他還真的有點擔心這個。

兩人之間原本有些詭異的氛圍消失了。丹尼爾把播放器關掉，打開瀏覽器，並打開製作人要求他們使用的雲端硬碟。他點開了上傳檔案的資料夾，選取命名為〈你從不知道〉的影像檔案。

「準備上傳囉。」丹尼爾看向克里斯。

克里斯對他點了點頭。

丹尼爾深吸一口氣，按下「確定」鍵。

螢幕上出現了檔案上傳的進度條。百分之三十、百分之四十五、百分之六十……

Chapter 11

睡夢中，丹尼爾只隱約聽見他的手機在床頭桌上震動的聲音。他耐著性子，等待傳訊息給他的某人安靜下來，但是他的手機只是不斷短暫地震動著，發出令他頭皮發麻的滋滋聲。

丹尼爾惱怒地從床上坐起身。現在到底幾點了？他瞇著眼，摸索著拿起手機，看見螢幕上顯示著半夜三點。他胡亂將手機轉成夜間模式，然後塞到枕頭底下。

他滿意地再度躲回被窩裡，閉上了眼睛。

*

砰的一聲，丹尼爾的房門被人粗暴地打開。丹尼爾被突如其來的巨響嚇得從床上彈了起來。

「搞屁……」他瞇著一隻眼，轉向房門的方向，怒視著站在門口的人影。「妳有什麼毛病啊，凱拉？」

「噢，閉嘴啦。」

凱拉一個大步跨進他的房間裡，打開電燈。刺眼的光線使丹尼爾雙手摀住了眼睛。他用掌根揉了揉眼窩，緩緩挪開雙手，強迫自己適應房間的燈光。「妳到底在幹嘛？現在幾點了？」

「十一點，太陽都曬屁股了，懶豬。但這不是重點。」凱拉在他的床邊一屁股坐下，把手機推到他面前。「你看到這個沒？」

「什麼……」克里斯茫然地取回自己放在床頭桌上的眼鏡，一邊看向凱拉的手機螢幕。

然後他的心臟突然重重撞上他的胸腔，血液直往腦門衝去，使他有那麼一秒鐘的時間聽不見任何聲音。

只見凱拉的推特上出現了一整排轉推和引用，而這些推特的內容全都是同一條內容：那是丹尼爾所寫的〈你從不知道〉，還有製作人講師簡潔的一句評論。

青澀、年輕卻真誠。很榮幸你來上我的課。

「要死，丹尼爾。」凱拉的聲音在他耳邊說道。「你怎麼什麼都沒說？」

「什麼？」丹尼爾茫然地回答。「我什麼都不知道啊！」

他是不是還在做夢？丹尼爾盲目地在床頭桌上尋找自己的手機，最後才想起來被他塞到枕頭下了。他一把撈出被他遺忘的手機，關閉夜間模式，然後……

他的通知欄立刻跳出了無數則疊加在一起的推特通知：好多、好多的推特通知。他的帳號被人標註、轉推，有人傳訊息給他，還有數字驚人的追蹤量。除了推特之外，他還收到了同學們的簡訊、Instagram 訊息。他甚至不知道自己該從哪裡開始看起。

他看了凱拉一眼。凱拉只是死死盯著他，眼睛眨也不眨。丹尼爾的手指顫抖著，不知怎麼地突然有點害怕點開那個應用程式。

現在是什麼狀況？他什麼都不知道啊。

他一咬牙，點開了推特。

多虧了製作人講師的宣傳，丹尼爾似乎享受到了知名製作人該有的流量：製作人所發佈的那一條推特，已經有了四千多次轉推，還有四萬個愛心。這實在太瘋狂了——從他的歌曲被上傳到製作人的 YouTube 頻道上開始算起，也只有短短不到十二小時的時間而已。

不知道是誰在那條推特下方標記了丹尼爾的帳號，但他猜測應該是班上的同學——他現在有點難在茫茫的通知大海中找到第一條標註他的訊息。多虧了這位好事者的幫忙，丹尼爾的帳號一夜之間增加了一萬多人，而就在他目瞪口呆地滑手機的當下，追蹤者的通知仍然持續出現在他的螢幕上緣。

他的歌名「#你從不知道」成了推特上的熱門關鍵字。丹尼爾試探性地點了其中一個轉推的標籤，然後便驚恐地看見，除了原始推特的轉推之外，還有無數則推特是直接分享他的影片，並且加上分享者自己的心得，或是「#新同志國歌」的標籤。

「搞什麼，丹尼爾？」凱拉又問了一次。「你怎麼什麼都沒說？」

「我不知道啊。」丹尼爾搖著頭，不知道該怎麼回應。「我也是現在起床了才看見……」

「我不是說這個……」凱拉對著他的手機胡亂打了個手勢，不耐煩地說。「我才不在乎我的室友和兄弟是不是一夕之間成了推特熱門話題，也不在乎你是不是突然成為了同志的最新代言人。我在乎的是，為什麼我是從一個無關緊要的同學推特上看見你的音樂錄影帶，才知道你原來是同志？」

「我……」丹尼爾張開嘴，卻一句話也說不出來，只能再度把嘴閉上。他腦中現在同時存在了太多念頭，他根本沒辦法找到任何一句話來回答凱拉。

他的手機繼續在手中震動著。丹尼爾無意識地低頭看了一眼，發現上面顯示的是克里斯傳來的訊息。

「你看到了嗎？？？」丹尼爾幾乎可以想像克里斯在電話的另一端大叫的聲音。「這太！瘋！狂！了吧！！！寶貝！！！」

凱拉看了他的手機一眼，視線再度回到丹尼爾的臉上。「現在是什麼狀況？丹尼爾，你跟克里斯在一起了嗎？」

不知道為什麼，丹尼爾突然覺得肚子裡燃起一把怒火。他把手機扔在床上，無視克里斯的訊息，轉過頭來怒視著凱拉。

「我不知道妳覺得現在是什麼狀況，但是我為什麼非得要告訴妳我是同性戀？」他咬著牙，感覺到自己的臉頰漲得通紅。「我從來就沒有預備讓這種事發生！那只是一個學校作業而已。我沒有打算要藉由這個作業出櫃、也沒有想要在推特上讓人公開討論我的性向——我根本……我根本還沒有準備好！」

凱拉沉默地看著他，瞪大雙眼，一句話也沒說。丹尼爾挫敗地吐出一口氣。他知道他不該對著凱拉發火的——凱拉就像是他的妹妹，是他的家人，她沒有惡意，她只是覺得丹尼爾不信任她、而感到有點受傷而已——他都知道。但是這首歌會在網路上引起轟動，完全是他始料未及的事，他還不知道這會對他帶來什麼影響，也不知道這代表著什麼；這一切都太超出他的理解範圍了。

凱拉咬了咬嘴唇，垂下視線。沉默籠罩著兩人。

「你說得對，我很抱歉。」最後，凱拉開口。「這是你的隱私，你的選擇。你當然可以選在自己最舒適、準備得最充分的時候選擇告訴我和達克，就算永遠都不說，那也是你的自由——我只是……你就當作我只是個無聊的老女人在發牢騷好了。」

「不，我知道。」丹尼爾嘆了一口氣。「妳只是關心我而已。對不起，我想我其實早就該跟妳說了。」

「就像是，你好像沒有把我當成朋友，或是覺得我不值得信任。」凱拉聳聳肩，露出微笑。「你覺得你不夠安全、沒辦法對我說實話嗎？但有這些想法，是不是證明我才是沒有安全感的那個人呢？」

聽見凱拉這麼說，丹尼爾立刻搖了搖頭。「不，不是這樣的。我知道可能是我想太多了，但是——我可能有點擔心，妳知道了之後，對我的態度會不會改變吧。」

「你怕我會開始把你當成閨蜜、或是從此以後開始叫你『小寶貝』嗎？」凱拉的嘴角露出了一個狡黠的笑容。「好像我之前不是這樣對你一樣。」

「對啦，最好。」丹尼爾也微笑起來。他懸著的一顆心終於放了下來。現在有這麼多未知數，他可不希望他和凱拉的友誼也成為其中一份子。不過……「這麼說起來，妳該不會早就知道了吧？關於我性向的事？」

「嗯……這麼說好了，你並不是非常直男的人。」凱拉承認道。「我覺得就某方面來說，就算你不親口告訴我，我也早就猜到了。如果你曾經想要假裝你不是同志，那我得說你的演技實在很差。」

丹尼爾佯怒地瞪了她一眼。「多謝喔。」

「就這點來說，你在影片裡的表現還真不錯。」凱拉的雙眼閃爍著光芒。「你是在演戲嗎？還是其實那是童叟無欺的真實故事？」

「我……」丹尼爾張開嘴，卻一時語塞。「我不知道。」他感覺到自己的臉頰溫度再度升高。但現在已經沒有假裝的必要了，於是丹尼爾只是用手搓了搓臉。

「影片裡，你和克里斯的相處……」凱拉作勢在臉旁搧了搧風，不可置信地看著他。「呼，真的有夠害羞。你們在約會了嗎？」

「我們沒有約會。」

現在想來，他和克里斯確實沒有約過會。就算是去聖塔莫尼卡的那一次，他們也只是去拍片的。後來他們的每次見面，都只是在克里斯工作的餐廳、或是在克里斯家，也每次都打著工作的名義。

這樣說來，他們究竟算什麼？

「讓我來猜。」凱拉說。「克里斯也不知道你的性向？」

「我們沒有真正談過這件事。」丹尼爾承認道。不過他懷疑，就算他不直說，在克里斯的床上時，他的生理反應應該已經勝過千言萬語了。

這件事中更大的問題是，他不知道克里斯的想法。靠，他甚至連克里斯會不會對同性產生興趣都不知道。

「那你打算怎麼樣？」凱拉問。「什麼都不做，『順其自然』？還是去找克里斯談清楚？」

丹尼爾咬著嘴唇，思索了一下。老實說，這兩件事他都不想做。此時此刻，他只想要倒回床上睡個回籠覺，假裝持續振動的手機、還有那些不斷增加的訊息通知都不存在。他不想面對凱拉提出的問題，也不想去思考這些真正需要處理的事。

他的歌成功了——然後呢？他好像從未預期過「成功」的版本。他一直在幫自己做心理建設，如果這首歌交給製作人後乏人問津，那也只是預期中的事。但他從來不敢去想像現在這種狀況。這甚至完全超越了他的所求所想。

而克里斯那邊……那又是另一個故事了。這聽起來很荒唐，儘管他們有過了臉紅心跳的肌膚之親，也有過接吻與其他小小的肢體接觸，但是他甚至無法確定克里斯對他是什麼感覺。

他是該和克里斯談談。他只是不確定自己會不會喜歡他得到的答案。

「我會跟他說的。」丹尼爾回答。

「很好。」凱拉微微一笑，粗濃的眉毛微微挑起。「因為我覺得所謂的『順其自然』根本就是狗屁。」

丹尼爾不由地露出笑容。但他卻覺得肚子裡落下了一塊沉甸甸的東西。

「別擔心，寶貝。」凱拉伸出手，給了丹尼爾一個像在抱小狗狗般的擁抱。「就算他只是一時陷入性向危機的臭直男，你還有好姊妹在這裡陪你。沒事的。」

「為什麼妳說得好像我很害怕被他拒絕一樣？」丹尼爾的頭埋在凱拉的肩膀，回嘴道：「我又沒有喜歡他或什麼的。」

「噢，你當然沒有了，丹尼爾。」凱拉輕輕拍了拍他的後腦勺。「上吧，冠軍。我會在背後支持你的。還有，記得，我們家永遠都有免費的保險套可以用喔。」

「閉嘴啦，凱拉。妳快點出去啦。」

丹尼爾感覺到凱拉低聲笑了起來。

等到凱拉離開房間，他再度變成獨處時，他終於稍微冷靜了一些。他拿起手機，這次，他總算是有心思好好看一看訊息了。

他首先點開的，當然還是克里斯的簡訊。「才剛看到。」他有些心不在焉地回覆：「簡直不敢相信。搞屁啊？」

克里斯那一側幾乎是立刻就出現了回覆訊息的對話泡泡。「我可不意外。你最棒了。」

丹尼爾努力地說服自己，這句話只是兩個朋友之間最平凡的誇獎而已。他的手指在虛擬鍵盤上猶豫著，不確定自己該怎麼回覆。他瞥了一眼螢幕頂部的時間。現在才該死的不到十點。

好吧，擇日不如撞日。

於是他輸入道：「你現在在家嗎？」

「沒別的地方好去囉。」克里斯的回覆在一秒鐘後出現了。

「那我去找你。」

*

丹尼爾抵達克里斯的公寓時，房子的主人把公寓的大門打開了，人則不見蹤影。丹尼爾在門口躊躇了一會，然後小心翼翼地走進房裡。十二月的空氣冰涼，室內的暖意使他的眼鏡一陣霧白。他摘了下來，用襯衫擦了擦。

克里斯正在小小的廚房中忙碌著。走進客廳，丹尼爾就聞到煎香腸和炒蛋的香氣。

「嗨，丹丹。」克里斯回過頭，舉起手中的鍋鏟揮了揮。「來得正好，我剛好在準備早餐呢。想吃嗎？」

丹尼爾合理懷疑克里斯是在他說要過來之後才開始做菜的，但他沒有證據。他只是聳聳肩，說：「我人都已經在這裡了，說不吃好像有點沒禮貌吧。」

「沒錯。」克里斯的嘴角微微上揚。「所以你去沙發上坐著吧。再等我五分鐘。」

丹尼爾脫下外套，扔在沙發的扶手上。

五分鐘後，克里斯端著兩盤煎香腸和起司蘑菇炒蛋回到了客廳。他把其中一個盤子放在丹尼爾面前，然後在他身邊坐下。丹尼爾看了一眼兩個花色和尺寸都不成對的盤子，拿起叉子，將一塊炒蛋放進嘴裡。

「天啊，真是不可思議，對吧？」克里斯一邊吃著早餐，一邊拿起放在茶几上的手機。「我是說，每個人都有成名的十五分鐘，但你現在有的可不只是十五分鐘，更像是十五小時了吧。」

一想到這件事，就讓丹尼爾的腹部一陣翻攪，產生一股非常奇異的感覺。他放下餐具，從口袋裡掏出手機。離開家門前，他已經把推特的通知直接關閉了，不然他覺得手機會在不斷震動的情況下過熱。此時，他的推特應用程式圖示上，已經顯示超過三千五百則通知。

「靠。」他不由地低聲說了一句。

克里斯笑了起來。「歡迎來到名與利的世界。」他對丹尼爾挑了挑眉。「來吧，我們看看大家都說了些什麼。」

「我不是很想知道。」

「噢，拜託。難道你不想知道大家對你有什麼評價嗎？」克里斯露出小鹿般無辜的眼神。「拜託嘛。我也想知道他們喜不喜歡我這張帥臉。」

丹尼爾無奈地笑了一聲。他深吸一口氣，打開了推特。

他們先是從丹尼爾收到的通知開始看起。大部分標註他的推文，都只是他的帳號加上音樂的連結，不過也有幾則貼文開始討論起其他的東西了。其中一條發文稱丹尼爾的單曲是「男生版的泰勒絲」作品，不過丹尼爾不確定對方是不是在誇獎他。另一條貼文則表示，她「好愛影片裡這兩個演員，他們是誰？？？？」。看到這條推特後，克里斯立刻打開自己的手機，想要用他本人的帳號去回覆，但被丹尼爾嚴正阻止了。現在光是丹尼爾一個人露臉後，騷動就已經夠大了，他可無法想像兩人都露出本尊帳號之後會發生什麼事。

他們又搜尋了「#你從不知道」的標籤，並驚奇地發現，已經有人把克里斯捧著丹尼爾的臉的畫面作成了gif動圖，並且押上了「我想要吻你／每時每分每秒」的字幕。在克里斯的慫恿下，他有點不情願地把這張動圖存了下來。

製作人張貼的最原始的那一條貼文，現在已經有了超過一萬個轉推，還有超過六萬個愛心。丹尼爾和克里斯打開了YouTube的連結，並發現，托製作人的福，現在那部影片已經有了六十萬以上的觀看次數。影片標題本身打著丹尼爾的本名，影片的資訊欄裡，製作人以正式的規格附上了丹尼爾的資訊，負責影像編輯的部分，也標上了克里斯的名字。

「這真的太瘋狂了，老兄。」克里斯咋了咋舌。「這大概會是我拿來申請學校的作品中最值得一提的成就吧。」

「這是你應得的。」丹尼爾由衷地說。「謝謝你無償幫了我一個大忙。我其實應該要付費給你……」

「這一切都是從你來俱樂部幫忙救場開始的，記得吧？」克里斯提醒道。「是我先欠你的人情。再說了——」克里斯的視線落在他身上，眼裡滿是笑意。「我覺得非常值得。而且我指的不是影片。」

丹尼爾的臉色一紅，突然覺得自己一口也吃不下了。他放下手機和餐具，轉向坐在一旁的克里斯。

丹尼爾的喉嚨像是被人勒緊了一般，突然變得難以發聲。「其實我來找你，是有件事情想要問你。」他低聲說道。

克里斯的嘴裡塞了滿滿的炒蛋，困惑地看向他。丹尼爾艱難地嚥了一口口水，試著讓喉頭稍微舒展一點。他清了清喉嚨，卻還是說不出口。他不知道這要怎麼問，才不會讓他自己聽起來太可悲。

「怎麼了，丹丹？」克里斯嚥下口中的食物，並把餐盤和叉子放回桌上。他拿起桌上的水杯喝了一口，然後用手背抹了抹嘴唇。「你想說什麼？我不會咬人的。」

看著克里斯的模樣，丹尼爾幾乎要打退堂鼓了。如果什麼都不說，或許他們還能假裝他們是實際上並不存在的關係，但如果丹尼爾現在戳破那個泡泡，他突然很害怕他們兩人會什麼也不剩。

但現在你也什麼都沒有，不是嗎？丹尼爾腦中的一個小聲音問道。管他的。

丹尼爾幾乎像是挑釁地看著克里斯。「凱拉也有看到這個影片了。」他不太確定自己要怎麼說，但他還是繼續說了下去。「然後她……她以為我們兩個在一起。」

「噢。」克里斯點了點頭。不知道為什麼，丹尼爾覺得他的表情似乎變得有點小心翼翼。「那你怎麼說呢？」

「我說，我不知道。」丹尼爾推了推眼鏡，卻沒有辦法直視克里斯的臉或他的眼睛。「我們沒有聊過這件事，對吧？」

「對。」克里斯回答。

「所以我……覺得我們應該要聊一下。」丹尼爾頓了頓。「我們現在算是什麼關係？」

他瞥了克里斯的臉一眼，但對方只是望著他，一句話也沒說。

「你應該已經知道了，我是同性戀的事。」丹尼爾低聲說。

「算是吧。」克里斯點點頭。「雖然你沒有承認過，但老實說，在你第一次讓我聽那首歌的時候，我就猜到了。」

「所以，那你也應該知道——」丹尼爾深吸一口氣，咬住自己的下唇。他頓了幾秒，然後說：「你應該知道，我對你有什麼感覺。」

丹尼爾越來越沒有把握了。這個對話的走向似乎和他預期的不一樣——或者該說和他想得一模一樣？克里斯遲遲沒有回應，但這好像也是一種回答了。

「丹尼爾，我想……」克里斯難得沒有一句準備好的回應。他猶豫著，像是在腦中尋找正確的用詞——不會太傷人、又能讓丹尼爾死心的用詞。「和你合作的時候，我真的覺得很快樂。」

丹尼爾的心一涼。接下來的話，就算克里斯不說出口，他也可以想像出百分之八十。

「我很喜歡和你相處，真的很喜歡。」克里斯繼續說下去。他向前傾身，把臉湊近丹尼爾，使丹尼爾再也無法迴避他的視線。「你很有才華，很認真，而且出乎意料地可愛。和你待在一起的時後，時間都過得很快……」

「但是？」丹尼爾說。他的聲音沙啞得令他反胃；靠，他的聲音怎麼可以這樣背叛他？

一股情緒從克里斯的眼中閃過。「但是……」他微微皺起眉，閉上眼，輕輕一搖頭，似乎對於即將說出這句話的自己感到嫌惡不已。「很多事情我都還不確定。我沒辦法在我自己都沒有搞清楚的狀況下，就隨意給你任何承諾。這樣既不負責任、也太魯莽。你懂的，對吧？」

克里斯難得沒有平常的嬉皮笑臉和聰明話。這種時候確實是最該認真的時刻，但卻讓他說的話沒有任何一絲轉圜餘地。丹尼爾的眼角一陣刺痛。他努力睜大雙眼，以免那股刺痛感逼出淚水。此時最不適合的應對就是哭；他已經夠難為情了，而眼淚只會讓情況變得更糟。他咬緊牙關，硬是將喉頭的腫塊嚥了回去。

至少讓他好好把話說完，走出這裡。然後他想怎麼樣都可以。

「對，我懂。」丹尼爾希望自己聽起來比實際上更有尊嚴一點。「沒什麼。你說得很合理，我知道。」

「對不起，丹丹。」克里斯一字一句慢慢地說。「我需要一點時間。」

「不，沒關係的。」丹尼爾的心臟在胸腔怦怦跳著，力道大得使他的胸口隱隱作痛。他倏地從沙發上站了起來，一把拉起自己的厚外套。突如其來的動作讓他一陣頭暈目眩；他勉強自己在嘴角掛上一抹微笑。「和你合作真的很愉快。這都是托你的福。」他彎身拿起桌面上的手機，胡亂打了個手勢。「真可惜這部影片的收益也不會歸我們。不然你應該可以更快存到電影學院的學費吧。」

「丹尼爾……」

克里斯跟著站了起來，但丹尼爾一步從沙發和茶几之間退了出來，往公寓的大門移動，與克里斯拉開了距離。他套上外套，把手機塞進口袋裡。

「我該走了。」丹尼爾說。「你等一下也要上班，對吧？」

「我今天排了休假。」克里斯低聲回答。

「好吧，那……」丹尼爾伸出手胡亂摸索，終於抓到了門把。「我就自己離開了。再見，克里斯。」

克里斯站在原地，咬著嘴唇，卻沒有動彈。丹尼爾撇開頭，打開門，在淚水奪眶而出之前走了出去——幾乎是用跑的了。

他一路跑下樓梯，回到停車場。當他爬上車時，或許是因為眼淚的關係，或許是因為車內與車外的溫差使他的眼鏡又起霧了，他看不見公寓三樓的走廊上有沒有人影。

Chapter 12

最近這幾天，克里斯覺得做什麼都不對勁。這一定不是因為他太多天沒有見到丹尼爾的關係——距離他們上一次、也是最後一次見面，也才不過經過了兩個星期。他還沒有到兩個星期沒和某人見面就坐立難安的地步。至少他是這麼想的。

但這樣一來，他就真的不知道自己為什麼一直心不在焉，或是為什麼每過一小時就要檢查一下自己的手機有沒有訊息了。

坐在健身房牆邊的長板凳上，克里斯第一百二十次看了手機螢幕，但上面仍然是一片漆黑。他挫敗地嘆了一口氣，向後把頭靠在牆面上，閉上眼睛。

靠，他到底有什麼毛病？

「啪」的一聲，一個運動背袋落在他的腳邊，接著，有人伸出一隻手，在他眼前用力揮了揮。

「控制總部呼叫湯姆少校。」傑夫的聲音在他耳邊唱道。「你的迴路斷掉了，有事情出問題了。」

克里斯睜開一隻眼，沒好氣地看向傑夫。「閉嘴啦，你才有問題。」

「哈。」傑夫脫下蓬鬆的派克大衣，扔在一旁裝瑜珈墊的收納箱上。「但是認真說，你有什麼毛病啊？你最近看起來超不像你的。」

「是嗎？」克里斯看著傑夫走到鏡子前，開始熱身。他搖了搖頭，萬般不情願地站了起來，來到傑夫身旁站定。「我應該要是什麼樣子？」

「喔，我也不知道欸。」傑夫說。「但你絕對不該每天這樣哭喪著臉、抓著手機不放，好像失戀的少女在等待前任打電話給你一樣。」

「我才——」克里斯的話說到一半，又硬生生地吞了回去。他不知道他該否認哪個部分：傑夫說他是失戀的少女、還是他一天到晚在等電話的部分。

克里斯決定當個聰明人，什麼都不要再說。他看著鏡子裡的自己，一邊伸展著上肢。靠，要是他兩個星期前也知道什麼該閉嘴就好了。

聽到丹尼爾問他的那個當下，克里斯慌了——不，他在騙誰？他不是慌了，是嚇壞了。

克里斯以為自己早就已經什麼都見識過，早就沒有什麼事能讓他手足無措。十五歲就逃家、開始在脫衣舞男俱樂部跳舞，然後隻身一人跟著老闆離鄉背井地跑來這個大城市，克里斯經歷過大大小小的破事，但大多數他都能處之泰然。就這點而言，他倒是很像個加州人：他相信船到橋頭自然直。

他遇過街頭搶劫的不良份子，也處理過在餐廳裡找碴的奧客；他碰過以為自己付了錢就能對舞者為所欲為的下流顧客，也因為工作性質的關係常常和附近的警察局打交道。他以為全世界只有一件事能讓他心煩意亂，那就是他那個不成器的爸爸。

直到丹尼爾出現。

我們現在算是什麼關係？

要命，他怎麼會知道？

搬來洛杉磯後，克里斯短暫和幾個女孩交往過。但是每一段感情都用同樣的方式開始、又以同樣的方式結束：她們清一色都是附近社區大學的學生，來俱樂部看過他的表演、或是幸運被他選為獨舞的表演對象，在表演結束後和他交換電話，然後開始約會；然後她們無一例外會開始抱怨他的工作、開始對他表演方式感到不滿，或是因為他和其他顧客的互動太過親密而吃醋。其中一個女孩還質疑過他的性向——「你對著那個男生跳舞的時候有生理反應！」他記得那女孩激動地指控他。「你該不會是同性戀吧？」

「人的性向本來就是流動的。」他當時自以為聰明地這樣回答。「如果我真的對那個人有興趣，那也只會讓我變成雙性戀。」

天啊，要是兩年前的他知道現在會發生這種事，他一定會為自己的大言不慚感到汗顏。

在那女孩對他大吼了一句「那就不要再浪費我的時間了！」之後，克里斯就再也不和顧客約會了。他覺得這一切都太麻煩，他的工作性質不適合擁有穩定交往的感情，他也不覺得自己需要——至少現在還不需要。再說，他還在存錢準備去唸書；他沒有時間應付這些複雜的事。

所以，他是怎麼讓丹尼爾趁他不注意時，突然靠得這麼近的？

也許是因為丹尼爾做什麼事都太認真了，像是一隻什麼都緊緊咬住的小狗；也許是因為丹尼爾太單純，當克里斯帶著惡趣味小小地作弄他時，他還是會悶著頭照單全收。也許是因為丹尼爾那雙綠色眼睛看起來太真誠。又或者是因為他拚命想要遏止自己對克里斯的感情、卻還是不小心在所有地方都露了餡。

呃啊。

傑夫大概也沒說錯。他確實像是失戀了，只不過要拿掉「少女」的部分。

「嗯，傑夫？」他從鏡子中看著身材纖細而精瘦的同事。對方挑起眉，回望著他。「再說一次，你是怎麼和你男友在一起的？」

「這樣很傷人喔，克里斯。」傑夫露出一個歪斜的微笑。「你不是從頭到尾都看在眼裡嗎？帶他來店裡看表演的人，還是你的朋友耶？」

「我知道，我不是指那個。」克里斯擺了擺手。他往地上一坐，開始伸展下肢。「我是指確定關係的部分。是什麼讓你決定要和他在一起的？」

「噢，這就簡單了。」傑夫咧開了嘴。「因為他是個傻子。因為他很有正義感、又笨到不知道該管住自己的嘴。因為他太溫柔，又太容易對人掏心掏肺。總要有人負責保護他的心，對吧？」

克里斯翻了個白眼。對，他可不是想要聽傑夫在這裡傾訴對自己男友的愛意的。「可是，你是怎麼知道的？」他不死心地追問下去。「你怎麼知道他是不是對的人？或者你會不會毀掉你們兩人的關係？」

「我不知道。」傑夫轉過頭來，看著他。「但這就是重點呀，克里斯。有些事情，你得和對方在一起之後才會知道。」

「真是深奧。」

克里斯從地上站了起來，走到槓鈴架旁，拿起十八磅的槓鈴，準備進行熱身組。

「其實一點也不。」傑夫說。「你知道訣竅是什麼嗎？」

「什麼？」

「不要想太多。」傑夫說。「順其自然。」

克里斯噗的一聲笑了出來，核心的肌肉力量頓失。他把槓鈴放下，一邊瞪了傑夫一眼。「狗屁。」

「不，我是認真的。」傑夫勾起一邊的嘴角。「你不是靠大腦墜入情網的，對吧？」

「『墜入情網』。好噁心。如果談戀愛的人都要變得這麼多愁善感，那我覺得還是不用了，謝謝。」

克里斯再度深吸一口氣，穩住自己的核心，然後舉起槓鈴。

「噢，我們都不想要變成這樣啊，克里斯。」傑夫走到他身邊，隔著他的肩頭望向鏡子。「但這由不得我們決定。」

克里斯只是在鏡中以眼神示意，一邊在心中默讀著自己槓鈴划船的次數。

「然後，我也看到那支音樂錄影帶了。」傑夫狡黠地對他眨了眨眼睛。「好一個『只是幫他拍學校作業要用的影片』啊。」

「那真的只是學校作業。」克里斯完成了一組訓練後，便把槓鈴放回地上。「他寫了一首很棒的歌，又剛好在推特上紅了而已。」

「你我都知道重點不是影片本身。」傑夫回答。「小心點，克里斯。別把這麼易碎的東西給搞砸了。」

「好啦，你現在可以安靜了，戀愛大師。」克里斯挖苦道。「我正在想辦法努力訓練呢。」

傑夫笑了起來，轉身走到牆邊，拿起兩個啞鈴。克里斯把注意力放在鏡中的自己身上，額外專注地確保自己姿勢正確。

傑夫要他別搞砸。但他不確定現在是不是已經太遲了。

*

「好了，克里斯，你還有五分鐘。」站在門邊的傑夫探頭往舞台上看了一眼，然後轉過頭來對克里斯說。「你可以準備把手機放下了，癡情男子。」

「好啦，知道了。」克里斯心不在焉地擺擺手。

克里斯已經換好了舞台表演的服裝（一件無袖連帽背心和緊身皮褲），正坐在後台的沙發上，等待自己上台的時間。他的手機依然握在手中——這已經是他這兩個星期養成的習慣，因為儘管他知道不太可能，他還是在等待丹尼爾回覆他的簡訊。

他們兩人還有互動的訊息就停留在兩週前，丹尼爾說他要去公寓找他的那一則。在那之後，克里斯還傳了一則簡訊問他「還好嗎」，但丹尼爾只是已讀不回。然後克里斯還試著打了一通電話，但丹尼爾也沒有接。然後就這樣了。

所以當他的手機上跳出來自丹尼爾的訊息時，他的心臟突然一下子跳到了喉頭。他不太確定上次自己產生這種心情是什麼時候了——最接近的一次，似乎是還在丹佛時，他爸爸衝進俱樂部找碴的那次。

克里斯差一點把手機摔飛出去。他急急忙忙地抓住手機，屏住氣息，點開了那則訊息。

他本來預期丹尼爾只會傳一個「嘿」、或是說他們以後不要再聯絡了——雖然他不覺得有人需要特別聯絡對方來說這個——但訊息裡卻沒有任何一句話。丹尼爾只是傳來了一個網址。

克里斯深吸一口氣，點進連結裡。

連結帶著克里斯來到一個雲端下載頁面，使克里斯的腸胃緊揪起來。他知道這是什麼了。如果丹尼爾不是傳了惡意程式要害他手機中毒，那這就是他寫好的歌。

是之前克里斯拜託丹尼爾寫給他的歌。

他焦慮地等了看似永無止盡的三分鐘，mp3 檔案才終於下載好。克里斯幾乎就要退卻了。他的大腦大吼著叫他清醒一點；他等一下要上台表演，他不能讓自己分心。但是他的手指像是有自己的意志般，在下載好的檔案上游移。

然後他就點了下去。

克里斯把手機的揚聲器湊到耳邊。儘管休息室裡全是嘈雜的人聲與音樂，但丹尼爾的嗓音卻絲毫沒有被淹沒。他的聲音就像是一道涓涓細流，搭配著簡單的吉他和鋼琴聲，還有毫不花俏的打擊樂器，克里斯幾乎可以想像丹尼爾坐在一間音樂酒吧的舞台上、身後還有現場樂團伴奏的模樣。

我們可以漫步在聖塔莫尼卡的街道

可以共享一份起司牛肉漢堡

生命從未顯得如此美好
當陽光在你的金髮上閃耀

克里斯完全沒有意識到時間的流逝。他坐在沙發上，背靠著椅背，頂著連帽外套的帽子，將整首歌播完後，又接著重播了一次。他瞪視著前方的化妝桌鏡子周圍亮得刺眼的燈泡；那張應該是屬於伊曼的桌子，上面擺滿了各種保健食品的罐子，但他其實不太確定，因為他的眼中其實什麼也沒看進去。

他沒有想到，才過了兩個星期沒有見到丹尼爾，再度聽見他的聲音時，會讓他感到如此坐立難安。這根本就不合理——他們兩個甚至不算是真的有在約會或曖昧。但聽著丹尼爾清澈的嗓音，他突然覺得，這好像就是丹尼爾坐在他身邊，邊彈著吉他、邊對他唱歌一樣。

靠。他不知道自己居然也有一天會說出這樣的話。但他真的好想丹尼爾。

「——要死，克里斯！」一個人的聲音突然在他面前炸響。克里斯一驚，這次他反應不及，手機真的飛了出去，砸到他的膝蓋，最後彈落到地上。他抬起眼，看見傑夫站在他面前用力揮舞著雙手。「你他媽的怎麼還在這裡？五分鐘前我就叫你要準備了。」

「靠。」克里斯也顧不得撿起手機，便從沙發上跳了起來，往後台的方向跑去。

「認真說，克里斯！」傑夫在他身後大喊。「你給我振作一點！」

舞台上炫目的燈光使克里斯幾乎看不見台下的觀眾。他向舞台旁瞥了一眼，看向DJ台後方的尚恩。尚恩一如往常用手帕遮著下半臉，但他的眉毛聳得老高，對他輕搖了一下頭。克里斯只覺得臉頰一陣溫熱。在他怠忽職守的時候，可是尚恩在負責播音樂和與觀眾互動的。這下他要欠尚恩一個大人情了。

克里斯衷心喜歡跳舞——這也是他一開始加入俱樂部的一大原因。他喜歡音樂、喜歡身體隨著節奏律動的感覺，還有跳出每一個舞步時那股對身體的掌控力。當然，少年時期的他身材並不像現在這麼吸引人，但愛琳讓他從服務生開始做起，並提供場地讓他運動，讓他和俱樂部裡比較資深的舞男們用同一份菜單，並且讓他們一起練舞。

克里斯過了將近一年的時間才真正上台進行他的第一次演出。他本來以為自己會很緊張的，但是直到站上舞台，他才意識到，其實舞台與觀眾席的光暗對比，使他根本很難看清人們臉上的表情。後來他知道，他不需要管台下的人用什麼眼神看他。他只需要聽著音樂和觀眾的尖叫歡呼聲就好——那是最直接的回饋。

但是今天在台上，克里斯發現自己一直無法專心傾聽這些聲音。他一直回想起丹尼爾所寫的歌詞，那些只屬於他們兩人的詞句。他幾乎是靠著本能在跳舞，靠著平時練舞的肌肉記憶，還有熟悉的舞台點位。就連顧客在他的褲頭塞入小費時，他都失去了平常的那種欣喜。

結束了他的獨舞之後，接下來則是一支團體的舞蹈。克里斯回到休息室，喝了水、換上另一套舞台服裝，再度和幾個舞者一起回到台上。

但當燈光轉暗，尚恩開始播放對應的舞曲時，克里斯卻赫然發現自己的腦中一片空白。靠，他連這首歌是什麼都忘了。他只對前奏有一點微弱的印象，也依稀記得他們在練舞室編舞時的畫面，但是所有的細節，此刻全都像是遙遠的夢境般無法捉摸。

站在他身邊的伊曼很快就發現不對勁了。他在騙誰？任何有專心在看表演、而不只是對著舞台上的肌肉垂涎三尺的觀眾，都會發現他大有問題。他完全跟不上節奏，所有的動作都比其他舞者慢了半拍，因為儘管他絞盡腦汁，他都回想不起來這支舞的完整編舞是什麼，只能勉強跟著伊曼的動作移動。

伊曼對他投來質疑的目光，但克里斯無計可施，只能默默地迴避他的視線。

輪到每個人的八小節獨舞時，克里斯還算順利地結束了他的部分，卻在向後退開時踩錯了方向，一腳踩上其中一個舞者的腳。他的同事還算敬業，表情沒有露出任何破綻，但兩個舞男在台上相撞的樣子，不可能逃過觀眾的眼睛。一小群女人發出了驚呼聲，克里斯則恨不得挖個洞把自己當場掩埋。

在他將近六年的舞者生涯中，就連剛出道時，他都沒有犯過這種錯。這是最平凡的菜鳥失誤，問題是，他已經不是菜鳥了。

要死。

表演結束後，克里斯和舞者們回到休息室。他暗自嘆了口氣，知道自己接下來要準備應付什麼。他在沙發前的地上坐下，背靠著沙發的椅墊，一邊打開自己的水壺，一口氣灌了半瓶。

果然，用不到一分鐘，伊曼就出現在他面前了。克里斯不需要抬頭，也能從眼前粗壯而光滑的小腿認出他來。

「好，好，我知道，老兄。」克里斯用毛巾蓋著頭，舉起雙手。「我搞砸了。沒有藉口。我很抱歉。」

「你怎麼搞的，克里斯？」伊曼懷疑地問道，一邊在沙發上坐下。他用手肘撞了撞克里斯的肩膀。

「我記錯舞步了。」克里斯含糊地說。這大概是本世紀最不貼切的敘述了，但管他的。「這不可原諒，我知道。」

「不，我不是說今天的表演。」伊曼說，一邊一手扯掉了他頭上的毛巾。

「嘿！」克里斯抗議地回過頭，卻在和伊曼對上視線時，像是被戳破的氣球般，氣餒地靠回了椅墊上。

「你最近這幾天都不太正常。」伊曼低沉地陳述道。「你常常瞪著前方發呆，你訓練的重量退步了，而且你現在幾乎像是手機重度成癮。你以前除了拍影片之外幾乎不拿手機的。你生病了嗎？」

「什麼？才沒有。」雖然他馬上就否認了，但老實說，就連他自己都不太有把握。克里斯一手撫過臉，挫敗地吐出一口長氣。「真的有這麼慘喔？」

「有。」伊曼毫不留情地回答。

克里斯低聲咒罵了一聲。

「這跟你拍的那支音樂錄影帶有關吧。」

克里斯震驚地抬起頭，看向伊曼。伊曼挑著眉回望他。那句話不是個問句。

「嗯……」否認似乎也沒有什麼意義了。克里斯承認道：「算是吧。你也看過那支影片了？」

「有在上 YouTube 的人應該都看過了吧。意思是大概有兩億人口。」伊曼說。

克里斯拿過自己的手機，點進這幾天已經變得熟悉不已的連結裡。丹尼爾的單曲還沒有得到兩億次點擊這麼多——但是七十幾萬的觀看次數還是一樣令人歎為觀止。

「靠。」他不可置信地搖了搖頭。「這太誇張了。誰想得到？他還只是個大學生而已。」

「你不需要告訴我細節，我也不想知道你跟那個男孩的故事有多淒美。」伊曼說。「也許未來你還會遇見別的人，但若你不想要讓自己永遠都在幻想那個『如果』的話，你就必須做點什麼。」

「哇喔，哇喔，等等。」克里斯舉起雙手。「這句話跳得有點快了吧。我跟他什麼都還沒有。我根本不知道我想不想要跟他有什麼。」

騙子，他腦中惱人的小聲音譏諷道。你明明很清楚你想要什麼。

「這完全是你的決定，克里斯。」伊曼說。「我只是看你心不在焉的樣子，覺得很煩而已。」他對克里斯露出一個微笑。

克里斯輕笑起來。「多謝喔。」接著他話鋒一轉。「你呢，伊曼？你現在有在彌補什麼嗎？」

他意有所指地看了伊曼一眼；他指的是先前伊曼與尚恩起了衝突後，導致尚恩直接曠班一天的小鬧劇。這本來只是想要作為反擊，把同樣的問題回敬給伊曼而已。但對方並沒有笑著打發掉他的問題。

「我正在努力。」伊曼緩緩地回答。「因為我不想要未來的某一天後悔——相信我，這種事，是就算遇上真命天子也無法彌補的遺憾。」

「這聽起來一點都不合理。」克里斯打趣地說道。「你的英文可能要重修喔。」

但是他其實可以想像伊曼的意思。就算未來他遇上了另一個人——不論是男孩或是女孩——他現在和丹尼爾不了了之的感情，永遠都不會因此而消失。他可以理解那種心結永遠在哽在那裡的感覺：就算平時他不會去想起，但在夜深人靜時，埋在大腦深處的遺憾仍然會蠢蠢欲動。

就像他從逃家後，就一直在等著他父親總有一天會給他一個道歉。儘管他對丹尼爾說得那麼強硬，但他不換號碼的另一個理由——即使他從來沒有對別人提過——他還是在等著一通也許永遠不會出現的電話。也許聽起來太天真、也太愚蠢，但他一直期望有一天他的父親會突然醒悟，發現他對自己的兒子做了些什麼，進而帶著愧疚感來與他和解。

所以他可以理解。他知道親情與愛情並不能相提並論，但那種潛伏在心底、只有在極少的時刻會浮出來張牙舞爪的遺憾之感，他覺得一輩子只需要有一種就夠了。

「隨你怎麼說囉，老兄。」伊曼拍了拍他的肩膀，站起身。「啊，然後。你明天要是再忘記編舞，不用愛琳出馬，我會親自踢爛你的屁股。」

「當然了，老大哥。」克里斯對著他的背影說道。「不會再發生第二次啦。」

＊

整晚的表演結束後，克里斯一路在俱樂部待到打烊的時間。他在舞池邊緣徘徊，打發掉來和他搭訕的男孩和女孩，不過倒是喝了幾杯觀眾請的酒。直到犬燈開時，他便爬上舞台旁的小樓梯，來到DJ台旁。

「我知道之前我捅的婁子是你幫我收拾的。」克里斯什麼都還沒有說，尚恩就先發制人了。「我很感謝你，真的，但你今天這樣是在報復我嗎？」

「拜託，對不起嘛，尚恩。」克里斯說。「其實，我是有個忙想要請你幫。」

尚恩勾起嘴角，露出一個似笑非笑的表情。「那得看你要我幫的是什麼忙了。」

「我這邊有一首歌，我想要你聽聽看，能不能編成舞曲。」克里斯說。他露出自己最真誠又無辜的表情。「拜託？我可以請你喝酒。」

尚恩什麼也沒說地盯著他看了一陣子。

「好吧。」尚恩說。「把檔案傳給我。」

「謝謝你，尚恩，你是我的救命恩人。」

尚恩擺了擺手。「這種話就省省吧。你什麼時候要用？」

克里斯露出有點心虛的微笑。「你覺得趕得上聖誕節活動嗎？」

Chapter 13

「丹尼爾，寶貝。」凱拉的聲音突然出現在他耳邊。「能不能請你別再玩了？你現在好歹也算是小有名氣的創作歌手，你可不可以至少有點創作者的樣子？」她聳起眉看著他。「例如，帶著尊重把別人創作的電影看完。」

丹尼爾一把從她手中搶回自己的耳機線，轉過頭怒視著她。這是一個他、凱拉和達克難得都在家的週末，於是他們決定一起找一部電影看。螢幕上的綺拉．奈特莉，此時正拿著一把吉他，坐在裝潢華麗的辦公室中。

「我已經看過這一部了。」

丹尼爾的視線再度回到自己的手機螢幕上。他剛才玩到一半的關卡已經結束，後半段的節奏，他一個也沒對上。他氣惱地把手機往沙發上扔去，嘆了一口氣。

達克暫停了電影。馬克．盧法洛話說到一半，嘴唇扭曲、眼睛半張的模樣被定格在電視上。「你最近讓人很擔心，丹尼爾。」達克說，一邊轉過身，從沙發旁的地上看向丹尼爾。

「是嗎？我怎麼沒發現？」丹尼爾咕噥道。

「你還是沒有回應克里斯的訊息嗎？」凱拉問。

丹尼爾朝她投去惱火的目光。

這幾個星期以來，他的人生似乎變成了一個混亂的大漩渦。他的音樂在網路上造成轟動之後，他第一次踏進音樂學院的那一刻，他突然覺得自己好像變成了另外一個人。許多目光朝他的方向投來，使他感到很不自在。是的，他知道如果自己想要走上音樂創作這條路，這件事遲早會發生，但是他沒有想到會這麼快啊。於是丹尼爾只好假裝什麼也沒有注意到，悶頭鑽進上課的教室裡。

製作人講師一看到他，就將他招呼上台，並當著全班學生的面誇獎他的作品。丹尼爾只能死死盯著講台上的大投影幕，盯著畫面中克里斯與他狀似親密的影像，但這卻使他的腸胃一陣糾結。他並不覺得自己受到公審、同學們也並沒有批判他，但他從來沒有這麼希望自己可以暫時失去意識，等到這一切都過去之後再醒來。

經過了三個星期，這支影片在 YouTube 上已經超過一百萬的觀看次數，丹尼爾的推特也已經完完全全超過了他的掌握範圍。他甚至猶豫要不要把推特的應用程式刪掉，只要用網頁版登入就好，這樣他就不會一直有個想要看自己的粉絲增加了多少的衝動。但最後，他只是把整個應用程式的通知都關閉了：沒有推播、沒有螢幕上方的通知列、也沒有紅色的數字泡泡。這樣一來，他才能暫時假裝自己還是原本那個沒沒無聞的大四學生。但他並沒有想要繼續沒沒無聞。

他並沒有想要出名。

他也並沒有想要和那個脫衣舞者繼續見面。

事實上，最近這幾天，他完全搞不清楚自己想要什麼。

坐在地上的達克拍了拍他的腳踝。「你為什麼不直接去和他聊聊？」

「我？」丹尼爾的視線轉向他，不可思議地瞪大雙眼。「為什麼是我去找他？我已經幹過這檔事了，記得嗎？然後他跟我說了『對不起』。所以我為什麼還要再去找他？」

達克吐了吐舌頭，似乎也認同他說的話。

直到現在，丹尼爾還是覺得和達克聊起這件事有點尷尬。他並沒有像是對凱拉那樣，和達克有一番認真的「出櫃」談話。達克只是看到了那支爆紅的音樂錄影帶，然後好像就默默地理解了些什麼。在那之後，達克就進入了他們你知我知的小團體中，不過丹尼爾也不太確定這是怎麼發生的。

話說回來，丹尼爾從來沒有習慣和他人分享感情生活——因為他幾乎從來沒擁有過感情生活——每當凱拉提起時，他都會覺得有點不太自在，好像在朋友面前太過赤裸了。但真要他說的話，他也並不特別反感就是。

現在能有凱拉和達克的支持，似乎比任何時刻都重要。尤其是在他的性向與名字同時被公諸於世的時候。

「這倒是提醒了我一件事。」凱拉若有所思地說。「克里斯要我傳話給你。」

「什麼？」

「俱樂部在聖誕夜前一天有個特別活動。」凱拉的語氣就像是在說今天晚餐來炸雞塊一樣。「克里斯拜託你一定要去。」

丹尼爾不敢置信地瞪視著她。克里斯想要他去參加脫衣舞男俱樂部的活動？他為什麼要叫凱拉來傳話？他不喜歡讓無關的人介入他的感情，更何況，這人還是他的好友兼室友。還有——

他還想要見他嗎？

「我為什麼要去？」丹尼爾希望自己聽起來比想像中冷靜。「而且如果他希望我去，他可以自己跟我說。」

凱拉意有所指地看了他一眼。「嗯，他也想啊。如果你還會接他電話的話，他就會自己跟你說了。」

這句話使丹尼爾的臉色一紅。嗯，這倒是。

「你應該去看看。」達克鼓勵道。「去看看他要幹嘛。」

「他還能幹嘛？」丹尼爾說。「他在俱樂部裡就是跳脫衣舞，不然他還要做什麼？」

「總之，我的任務達成了。」凱拉舉起雙手。「你們不是小學生了，我也不想當那個裡外不是人的中間人。」

「什麼鬼，凱拉？」丹尼爾瞥了她一眼。

「這是你的決定。如果你不想看到他，或是你從此以後不想要再和這個人有任何瓜葛，也不會有人逼你。」凱拉說。「但是如果你怕未來會留下遺憾，你就不該讓這個機會白白溜走。我只會說到這裡了。」

丹尼爾嘆了口氣，垂下視線。他知道凱拉說得對。他只是很不想要在他的朋友面前承認，他其實還是想要和克里斯見一面，至少把話說開、做一個正式的結束。

他只是不知道這樣到底是不是正確的決定。

「妳說是聖誕夜前一天？十二月二十三日嗎？」最後，丹尼爾問。「有什麼服裝規定嗎？」

凱拉原本嚴肅的表情一掃而空。她咧開嘴，露出了大大的笑容。丹尼爾這才意識到，他似乎中了凱拉的圈套。

「紅色、綠色或白色的上衣和帽子。」凱拉說。「活動從晚上九點開始。你也一起來吧，達克。不要遲到喔。」

「當然。」達克點點頭。「我一直都很好奇這種俱樂部長什麼樣子。」

丹尼爾瞪視著凱拉。「妳到底是站在誰那邊的啊？」

她的眼睛睜得又大又圓，眼珠轉了幾圈，聳聳肩。「這無關選邊站啊，寶貝。

你是我的兄弟，克里斯是我的朋友；我只是希望你們兩個都好，不管是哪種都沒關係。」

丹尼爾氣餒地吐出一口長氣。他不喜歡這件事的走向，真的。在公開場合和克里斯見面，而且還是在那支音樂錄影帶問世之後，這感覺實在有點複雜。克里斯打算做什麼呢？光是用想的，就讓丹尼爾不寒而慄。

「你知道些什麼？」丹尼爾瞇起眼，打量著凱拉的臉。「他到底跟妳說了什麼？」

凱拉舉起三隻手指。「我什麼都不知道。我發誓。他只是要我傳話而已。」

丹尼爾懷疑凱拉隱瞞了什麼事西，但他沒有證據。

凱拉似乎認定對話已經結束了，於是她拍了拍達克的頭，宣布道：「電影可以繼續放了。我還在等〈漸入佳境〉這首歌呢。」

＊

十二月二十三日那天，丹尼爾下課之後，就開始在自己的衣櫃前猶豫。紅色和綠色的衣服基本上完全不在他的考慮範圍內——他除了紅色的毛呢格子襯衫之外，基本上沒有顏色這麼浮誇的上衣。而他不覺得穿那件襯衫去俱樂部是個正確的選擇。他戴著眼鏡已經夠像書呆子了，他不需要再多一件蠢襯衫來昭告天下。

最後，丹尼爾在衣櫃裡撈出一件大一時音樂學院發的長袖圓領衫。雖然上面寫著他們系所的簡寫，但他覺得這已經遠勝過格子襯衫了。

八點三十分時，他和達克一起從公寓搭 Uber 前往俱樂部。雖然司機什麼也沒說，但丹尼爾卻覺得無比難為情，好像讓對方知道自己就是要來看脫衣舞表演一樣。達克倒是毫無自覺，他一路上都感覺很興奮，像是第一次要去遠足的小學生。

當車子在俱樂部前的街上停下來時，丹尼爾赫然發現，人行道上已經排了長長一串人龍。女人們穿著性感的紅色、白色或綠色連身裙，披著看起來沒有保暖效果的短外套，頭上頂著聖誕帽；男人們則穿著襯衫、大學T，或是連帽衫。每個人臉上都帶著興奮與期待的笑容，興高采烈地與身邊的人聊著天。

但當丹尼爾和達克一起下車時，他卻覺得自己無法和周遭的人一起享受那個氛圍。他的手心發冷、卻感覺黏膩不已，腸胃也緊縮成一團，好像他吃壞肚子了一樣。靠，他為什麼要這麼緊張？他們兩個明明也沒有在約會，他為什麼覺得現在像是要和前任久別重逢一樣——技術上來說，他還沒有和任何人交往到可以變成「前任」的地步。

他們來到隊伍的最末尾，加入排隊的人潮。

「你都不會覺得尷尬嗎？」丹尼爾問。「你不怕被人當成——」他打了一個手勢。「你知道的。」

「我？」達克的臉上寫滿了困惑。「有什麼好尷尬的？」

這下換成丹尼爾感到困惑了。「有什麼好尷尬？如果有你認識的人也在這裡的話……」

「那他就知道我跟他一樣，也是來玩的。如果他不尷尬，那我為什麼要尷尬？」

「嗯……」

丹尼爾把自己的外套拉緊，瞥了一眼周遭的人們。他從來沒有用這個角度思考過。

「放輕鬆啦，丹尼爾。」達克的手掌拍上他的肩膀。丹尼爾的視線來到他臉上，看見他的嘴角正掛著一抹心知肚明的微笑。「你現在是來夜店耶。你得讓自己開心一點。」

「說得倒輕鬆。」丹尼爾咕噥道。「要跟自己曾經的曖昧對象見面的人可不是你。」

「你自己都說是『曾經』了。」達克挑起眉。「那你又有什麼好失去的，對吧？」

丹尼爾完全無法反駁。

「再說了。今天你沒開車。」達克故意露出狡猾的微笑，但笨拙的模樣卻使丹尼爾忍不住翻了個白眼，笑了起來。「你今天可以喝到爛醉都沒有關係喔。我會負責護送你回去的。」

雖然他的心臟還是感覺跳得比平常用力，但他得承認，有達克在他身邊，他突然覺得沒有那麼緊張了。

丹尼爾和達克一進俱樂部，凱拉就出現了。她穿著性感耶誕小精靈的造型——又是一個會讓丹尼爾皺起鼻子的裝扮。她帶著兩人來到舞台邊的一張桌子旁。桌子上擺著一張「保留席」的卡片。凱拉說，這是克里斯指定給他們的座位。

這件事就像是壓垮駱駝的最後一根稻草。於是他決定照達克說的做：把自己喝個爛醉。

「我要深水炸彈。」丹尼爾隔著震耳欲聾的音樂聲對凱拉大喊。「兩杯。」

凱拉不可置信地瞪視著他，畫著粗濃眼線的雙眼，看起來比平常大了一倍。「哇喔，寶貝。你確定？活動都還沒開始呢！」

「如果他希望我來，那他至少可以應付我喝個兩杯吧。」丹尼爾幾乎是挑戰地喊回去。

「好吧。兩杯深水炸彈。」凱拉不以為然地挑起眉。「馬上來。」

負責開場的是DJ尚恩的舞曲。丹尼爾坐在椅子上，靜靜地喝著酒，一邊看著四周的顧客們高舉雙手，跟著節奏又快又重的音樂跳舞和尖叫。威士忌和啤酒的組合喝起來並不烈，但喝了半杯後，丹尼爾就開始覺得臉頰發燙，鼻孔吐出的氣息也變得很熱，灼燒著他的上唇。

達克的桌面上擺著三瓶可樂娜啤酒。只見達克拿著酒瓶，和身邊的人們一起又叫又跳。

「丹尼爾！」他大喊。「你不能在夜店裡坐著！一起來跳舞啊！」

「你看起來像白痴一樣。」丹尼爾回答，不過看著達克臉上的微笑，他覺得達克應該沒有聽見。

丹尼爾瞪視著自己酒杯中剩下的酒。去他的。他有什麼好在乎？

他仰頭灌下最後的一大口，有點太過用力地把酒杯放回桌上，然後站起身。

從那一刻起，丹尼爾的世界就成了一個音樂與色彩交織的混沌風暴。

他完全不知道自己在跳什麼舞。他彆扭地站在原地，不太確定自己的手腳該怎麼移動。但是就他眼前所見的一切，他覺得，根本沒有人知道自己在跳什麼。

幾分鐘後，丹尼爾就發現自己和身邊的人群合而為一了。他的意識彷彿離他很遙遠，卻又無比敏銳地捕捉到周遭的一切，尤其是燈光和音樂。他的感官被放大了無數倍，但他的大腦卻似乎跟不上自己接收到的訊息。他只覺得自己被一股水流所包裹，他的身體只能隨之搖擺——但是好的那種。

他從來沒有這麼失去自我、卻又那麼放鬆過。

第二杯深水炸彈不知道在什麼時候喝光了，丹尼爾甚至沒有意識到自己在喝酒。

他只知道當他拿起桌上的玻璃杯時，卻發現兩個都是空的。

舞者們開始表演時，凱拉再度來到他們的桌邊。她看了丹尼爾一眼，搖了搖頭，不過丹尼爾不太確定她是什麼意思。

「野格——野格炸彈。」他聽見自己對凱拉口齒不清地喊道。「再給我兩杯。」

凱拉張開嘴，像是要說些什麼，但她吞了回去，然後走開了。過了幾分鐘後，她帶了兩杯深紅色的液體回到桌邊。

丹尼爾喝了一口，過不了多久，便開始感覺到心跳速度急劇上升。看來能量飲料的效果可不只是噱頭而已。他抬起視線，望向眼前的舞台。此時他的視線邊緣已經模糊，他只看得見發光的舞台，還有上頭認真表演的舞者們。

今天是聖誕節的活動，因此舞男們的造型也和聖誕節脫不了關係。丹尼爾從來沒有看過這麼性感的聖誕老人——聖誕男孩？他們穿著艷紅色的背心、頭上戴著可笑的聖誕帽，還有貼身無比的紅色皮短褲。這樣的造型使台下觀眾們瘋狂不已。第一首歌還沒有放完，舞者們的小費就已經快要把舞台的前半都淹沒了。

但那些人都不是他在意的人，他遲鈍地想。那個叫他來看表演的混蛋，他在哪裡？

隨著表演繼續進行下去，幾個觀眾被叫上舞台，令人血脈賁張的表演，使場內的氣氛被推向第一波高潮——或者至少聽起來是如此。但丹尼爾什麼也沒看進去，只覺得焦躁難耐。

克里斯呢？那個叫凱拉替他傳話、邀請丹尼爾來，卻又遲遲不肯露面的膽小鬼呢？

台上的表演結束，被選上台的三名女子興奮得像是要昏厥過去一般，手舞足蹈地回到舞台下。然後舞台區的燈光驟變。原先充滿活力的明亮光線，被暗紅色的燈光所取代。音樂中的打擊樂器，伴隨著一陣吸入的音效消失了，接著便是柔和的弦樂與鋼琴聲。

丹尼爾的眼睛倏地睜大。他知道這首歌……

隨著前奏進行，兩名舞者將一張椅子搬上舞台，隨後便迅速地消失在通往後台的布幕之中。然後一名身穿無袖西裝襯衫、頭戴紳士帽的舞者，便踩著優雅的舞步出現在舞台上。

……這是丹尼爾寫的歌。

丹尼爾的眼皮像是忘記怎麼眨動一般，他目不轉睛地看著台上的舞男隨音樂舞動，腳步靈活而流暢，好像每一個關節都有各自的意志似的。他的帽沿壓得很低，看不見臉孔，但丹尼爾甚至不用看他，就知道，這一定是克里斯。

噢，他好久沒有見到克里斯了。丹尼爾迷茫的大腦已經無法計算，這是第幾個星期了？

他呆坐在座位上，看著克里斯隨著他的歌聲起舞。克里斯的舞蹈充滿了力量，卻又同時無比柔軟，他的腹肌在暗紅的燈光下更顯得線條分明。然後克里斯摘下紳士帽，優雅地一個轉圈，隨即看見了站在舞台下的丹尼爾。

丹尼爾就像是被他的視線釘住般動彈不得，只覺得口乾舌燥。剛才喝下的大量酒精一定對他的大腦造成了很不對勁的影響，因為現在丹尼爾只覺得，他好想念克里斯。他媽的好想他。明明他們從頭到尾就什麼都不是，但他還是好想他。

在昏暗的光線下，克里斯的目光似乎有些沉重。他的嘴角帶著淺淺的笑意。他在舞台邊緣蹲下身，一手將紳士帽蓋在胸前，另一隻手直直地伸向丹尼爾。

音樂中的歌聲暫停了。這首歌一定被重新編曲過，因為丹尼爾不記得他寫的間奏有這麼長。他就這樣看著克里斯對他伸出的手，時間彷彿暫停了流逝。

接著，有人從桌子底下踢了他一腳。丹尼爾有點遲緩地轉過頭，看見達克正直勾勾地盯著他。

「快點啊，丹尼爾。」達克的聲音像是穿過了嘹亮的音樂，直直進入他的耳中。

他的視線再度回到克里斯的手上。他遲疑地望向克里斯的雙眼。他要接受這個邀請嗎？

管他的，他腦子裡的聲音鼓吹道。他都已經喝醉了；他今天就是來見克里斯的，不是嗎？

於是丹尼爾握住了那隻朝他伸來的手。

四周的觀眾歡聲雷動，丹尼爾才意識到，原來剛才所有人都屏氣凝神地在等待他的反應。他不知道這代表了什麼。

酒精使他稍微失去了平衡。他踉蹌地爬上舞台，在克里斯的牽引下，來到舞台中央的椅子上坐下。

音樂繼續進行下去——但這次不再是他寫給克里斯的那首歌，而是他在網路上爆紅、已經超過百萬點擊的單曲。台下的觀眾們又揚起了另一波歡呼。DJ尚恩幹得好，丹尼爾有些迷茫地想到，他把兩首歌幾乎是無縫地混在一起了。但這也是因為他兩首歌用的是同一個曲調，畢竟，這是他最拿手的——

「好久不見，丹丹。」

克里斯的臉突然出現在他的面前，遮擋住他的視線。克里斯跨在他的大腿上方，幾乎要直接坐在他身上，卻又保持著最微小的一點縫隙。他的雙手壓著丹尼爾的肩膀。

丹尼爾看見他額頭和臉頰上凝結的汗珠；克里斯雖然仍掛著微笑，但只有在這麼近的距離，才會發現他其實用了很大的力量在控制自己的呼吸。溫熱的氣息打在丹尼爾的口鼻上。

靠，他自己現在聞起來一定滿是酒精味。丹尼爾下意識地想要撇開頭，卻被克里斯一隻手端著下巴，撥回原位。

「你迴避了我好久。」克里斯的聲音微微顫抖著。接著他一個扭身，從丹尼爾的腿上移開。他的手撫過丹尼爾的胸口，靈巧地轉到了丹尼爾身後。

他的呼吸聲搔著丹尼爾滾燙的耳根，使丹尼爾一陣發顫。

「是你拒絕我的。」丹尼爾喃喃回答。

「可是我沒有。」克里斯低聲說道。他從丹尼爾的左邊轉到右邊，一手撫過丹尼爾的下顎。「我說我需要時間，記得嗎？」

丹尼爾顫抖地吐出一口氣。這是什麼意思？克里斯在玩什麼把戲？血液裡的酒精，以及克里斯在他身上遊走的雙手，使他完全無法思考。

「所以現在呢？」克里斯再一次貼上他的身體時，丹尼爾壓低聲音問道。

「我希望那首歌成真。」克里斯輕聲說道。他抓起丹尼爾的手，放在自己的胸口。丹尼爾感覺到他的心臟在胸腔裡怦怦跳動。「我想要和你去海邊，想要和你一起吃起司牛肉漢堡。還有很多很多其他的。我想要和你在一起。」

丹尼爾一句話也說不出來。他的眼眶一陣刺痛，耳裡現在甚至聽不見自己的歌聲，只有血液衝撞著耳膜的突突悶響。

他要怎麼知道克里斯是不是真心的？他要怎麼知道克里斯不會在表演完之後又反悔？

但你永遠不會知道的，他腦中的聲音說。

「混蛋。」他粗聲說道。

然後他伸出雙手，抓住克里斯的臉。他不知道克里斯的表演現在究竟到哪個階段了，也不知道自己這麼做究竟會帶來什麼樣的後果。但他知道這是他現在唯一想做的事。

在觀眾的驚呼與狼叫聲之間，他吻上了克里斯的唇。他本來預期克里斯會渾身僵硬、甚至推開他，但克里斯立刻就回應了他，並將這個吻的主控權奪了過去。丹尼爾覺得自己癱軟在克里斯的掌心之間，只能任他予取予求。

觀眾們的鼓掌聲幾乎像是一個繭，將兩人包裹在其中。而丹尼爾什麼也看不見、什麼也感受不到——除了克里斯炙熱的呼吸，還有在他嘴唇上柔軟的觸感。

「混蛋。」在兩人的嘴唇稍稍分離、試著調整自己的呼吸時，丹尼爾喘著粗氣，又說了一次。

克里斯的嘴角勾出一個完美的微笑。

Chapter 14

丹尼爾不太記得自己是怎麼回家的。在克里斯的表演結束後，他只覺得自己頭暈目眩到差點無法走下舞台；他有個模糊的印象，好像達克趕到舞台邊，粗壯的雙手幾乎是將他扛了下來，然後他的記憶就變得一團混亂。腳步踉蹌、跌跌撞撞地爬上一輛座車，車內的薄荷香氛對他的狀態一點幫助也沒有。然後下一秒，他就已經出現在自家公寓前的階梯上了。

他的大腦再度聚焦，是因為他的胃翻攪得像是要從喉嚨裡滾出來似的。他正跪坐在浴室的馬桶前，抱著馬桶的坐墊，像是在倒垃圾般，把滿肚子的東西全部往裡倒。

噢，天啊，殺了他吧。

丹尼爾從來沒有喝到這麼醉過——這根本已經超越「酒醉」的等級了。雖然他知道有些人會喝到突然昏倒、然後急診送醫，而他還沒有到那個地步，但現在這種恨不得把自己的胃都吐掉的狀態，還是讓他覺得生不如死。先不提他的腸胃像是抽筋般緊絞在一起，他的喉嚨也因為胃酸的關係而灼熱不已。

最後，等到胸腹部那股無法抑制的嘔吐感終於平息下來，丹尼爾便趴在馬桶座墊上喘著氣。

這時，一條冰涼的濕毛巾輕輕貼上他的臉頰。丹尼爾先是心頭一驚，差點摔倒在浴室地板上。接著他遲來的理智告訴他，應該是他的其中一個室友準備來收拾善後了。然後他又迷茫地想到，肯定是達克陪他一起回來了，因為凱拉還沒有下班。於是他伸手接過毛巾，抹過額頭和眼睛，然後擦了擦口鼻。

「謝了，達克——」他皺起眉，四下摸索。他的眼鏡呢？他的眼鏡到哪裡去啦？

「抱歉，我不是達克。」一個聲音在他身邊說道，帶著隱隱的笑意。

「靠！」

丹尼爾還來不及阻止自己，咒罵就脫口而出。他向後彈開，跌坐在硬梆梆的磁磚地上，背靠著浴室的門，驚恐地看著眼前的人。克里斯？他在這裡做什麼？不，這不是真的。他一定比自己想像中還醉，才會出現克里斯在他家浴室裡的幻覺。媽的，他的眼鏡呢？他一定是眼花了才會把達克或凱拉認錯……

「來。」眼前克里斯的幻影對他伸出手，把眼鏡遞給他。他竊笑著。「放心，這不是陷阱。」

丹尼爾半信半疑地接過他的眼鏡。嗯，它是真的。他小心翼翼地把鏡框架在鼻梁上，然後再度看向克里斯。克里斯的模樣只是從些微模糊變成了清晰的影像，但他並沒有消失。

活生生的克里斯正站在他面前。就在他家的浴室裡。

這他媽的是怎麼回事啊？

丹尼爾掙扎著想要從地上站起來，但卻四肢疲軟地使不上力。克里斯把馬桶蓋蓋上，按下沖水閥，然後彎下身。「先別急，親愛的。先讓我把你的臉擦乾淨。」

「我可以自己清理。」丹尼爾沙啞地回答。他的喉嚨像是被刮掉一層皮般刺痛不已。

「不，你不行。」克里斯半強迫地把他手中的毛巾抽走，在洗手台中洗了一陣，然後他再拿著清潔過後的毛巾蹲回丹尼爾身邊。他輕柔地擦拭著丹尼爾滾燙的臉頰，嘴角卻掛著戲謔的微笑。「提醒我以後別讓你喝這麼多。你的酒量真的不行。」

「什麼……等等。」丹尼爾說。「你在這裡幹嘛？俱樂部的活動已經結束了嗎？還有，凱拉和達克在哪裡？」

「好了，慢一點，丹丹。你站得起來嗎？」克里斯對丹尼爾伸出手，攙扶他從磁磚地上站起身。「關於你問的問題：俱樂部大概在一個小時前就已經打烊了。凱拉和達克各自在他們的房間裡睡覺，所以你可能需要把說話的音量降低一點。至於我……」他微微一笑。「我總不能把我剛交到的男友丟給他的室友照顧吧？」

丹尼爾疲倦得沒有心思對這句話做出回應。

他一手扶著浴室的牆，閉上眼睛，深吸一口氣。很好，他現在只覺得渾身都是酒氣和嘔吐物的味道。這氣味幾乎使他又要開始反胃了。

「我覺得我該先洗個澡。」他艱難地說道。

「好主意。」克里斯回答。「需要我幫忙嗎？」

丹尼爾對他投以現在他能做出最憤怒的眼神。但他懷疑自己失敗了，因為克里斯只是咧開嘴，露出了愉快的笑容。

「好吧，小心點。」最後，克里斯說。「我就在門外。如果你有需要，就出聲叫我。」

丹尼爾默默地點了點頭。當克里斯抽開手臂時，頓失依靠的感覺使丹尼爾差點摔倒。

他踏進淋浴間裡，扭開水龍頭。溫熱的水流打在他的頭皮和肩膀，使他皮膚一陣發麻，瞬間清醒了不少。他用雙手摀住臉，將熱氣悶在痠澀的雙眼上。

天啊，剛才究竟是怎麼回事？他現在完全無法確定哪些事情真實發生過。他和克里斯在舞台上的那一吻是真的嗎？克里斯陪著他回家的事是真的嗎？嗯，至少他很肯定，剛才陪他一起站在浴室裡的克里斯絕不是幻覺。要命。他覺得他的頭脹得快要爆炸了。

丹尼爾在花灑下站了彷彿有一世紀那麼久。他洗了兩次頭、兩次臉，又用沐浴乳把自己渾身上下搓了好幾次，才終於覺得自己清醒到可以走出浴室了。另外，他還刷了兩次牙，才覺得自己終於把嘴裡的酸味給清掉。由於沒有替換的衣物，丹尼爾只能用浴巾圍著下半身，有點彆扭地打開了浴室的門。

克里斯坐在浴室外的走廊地板上，靠著牆，看似心不在焉地滑著手機。看見丹尼爾走出來的樣子，他便立刻從地上站了起來。

丹尼爾突然覺得無地自容。「呃……」他支吾了一陣，最後終於擠出一句：「如果你想用浴室的話，請自便。我要先回房間了。」

「嗯，丹尼爾。」克里斯垂下視線，然後再度看向丹尼爾的臉。「我可以跟你借用一條毛巾嗎？」

五分鐘後，丹尼爾從房裡拿出一條乾淨的浴巾給克里斯，讓他去浴室梳洗，自己則穿上寬鬆的T恤和短褲，然後坐在床沿，摘下眼鏡，用掌根壓著眼窩。剛才所發生的事，還有接下來要發生的事，都讓他感到惶惶不安。

他叫克里斯去洗澡的行為，像極了某種邀請。就算他什麼經驗都還沒有，他也知道這意味著什麼。他挫敗地低吼一聲；他今晚到底是發生什麼事了？他為什麼會讓自己這麼失控？

他向後倒在床上，還沒完全乾透的頭髮壓在枕頭上，潮濕而冰涼，但他沒有什麼心思動彈。當房門再度被人打開時，丹尼爾從床上彈了起來。

克里斯小心翼翼地關上門，站在門邊。他用浴巾圍著下半身，一頭半長不短的頭髮濕漉漉地垂在他的臉頰兩側，並貼在他的脖子上。他有些猶豫地看著丹尼爾。

「怎樣？」丹尼爾的聲音聽起來像鴨子叫，不管他清了幾次喉嚨都沒有用。

「這個嘛……」難得一次，克里斯看起來拿不定主意。他略顯侷促地把重心換到另一腳。「我不想要讓你覺得我在佔你便宜。另外——你不准取笑我——我對這其實沒什麼經驗。」

「你對什麼沒經驗？」丹尼爾聳起眉。「你是指在別人家過夜、交男友、還是上床？」話一出口，丹尼爾就恨不得把自己的舌頭咬掉。

這句話使克里斯笑了起來。「我本來想說的是交男友。但是既然你提起了，我是和幾個人上過床，但沒有和男生做過，如果你想知道的話。」

「嗯，那至少我不是一個人。」丹尼爾咕噥道。很好，這個對話已經變得越來越尷尬了。他嘆了一口氣，抬起眼。「剛才在俱樂部裡，你說的是真的嗎？」

克里斯緩緩地朝他走來。「哪一句？」

「你知道我在說哪一句。」丹尼爾怒視著他。「在我們接吻之前……你說想和我在一起。那是真的嗎？」

克里斯在他面前站定。然後他彎下身，雙手捧住丹尼爾的臉。「當然是真的。你想要我怎麼證明？」他的嘴唇貼上丹尼爾的額頭，輕輕一吻。「這樣嗎？」他緩緩往下移動，吻過丹尼爾的眉間、鼻梁、鼻尖，最後來到嘴唇。他的雙唇距離丹尼爾只有一根頭髮的間距。「這樣嗎？」

丹尼爾的呼吸變得短而急促。他閉上眼，任憑自己的身體在本能的驅使下移動。他吻上克里斯的嘴，動作笨拙而熱誠。靠，他這麼做也許很愚蠢，但他想要這樣做。他已經試著做「對」的事情好久了，他現在只想做他「想做」的事——也就是親吻克里斯，將他整個人吞沒、與他融合為一。

克里斯的身體擠進丹尼爾的雙腿之間，讓他緩緩躺平在床上。他跟著爬上丹尼爾的床，身體籠罩在丹尼爾之上。他伏下身，一手輕撫著丹尼爾的臉頰，再度吻上他的嘴唇。克里斯帶著啃咬的吻，使丹尼爾渾身像是電流流過般酥麻。克里斯的舌頭在他的唇瓣之間徘徊，並在丹尼爾試圖張開嘴喘息時靈巧地鑽進他的口中。舌頭交纏的觸感，為丹尼爾帶來了無比奇異的感受；他的身體同時緊繃又疲軟，無法放鬆，卻又軟綿地使不上力。血液往他身體的中心點匯聚，使他感到羞恥不已。

「克、克里斯……」丹尼爾好不容易從克里斯的嘴唇下掙脫開來，喘著氣低喊。

克里斯腰間的浴巾掉了下來，落在丹尼爾身上。但就算隔著浴巾和短褲，丹尼爾也無法忽視克里斯的生理反應。他顫抖的手伸進兩人之間，往克里斯的胯下探去。

克里斯向後退開一點。「你想要睡了嗎？」克里斯的聲音聽起來壓抑而緊繃。「我們可以先睡覺。等你清醒一點。或者，等我們都做好準備。你知道，技術上的那種。」

「你在跟我開玩笑嗎？」丹尼爾惱怒地低聲說道。他腦中瞬間閃過了不是很妙的念頭：克里斯在緊要關頭退縮了嗎？但他接著就意識到克里斯指的是什麼了。丹尼爾突然想起了一件事，他咬了咬嘴唇，臉頰滾燙不已。「沙發旁邊的桌子上……」

「什麼？」

「那裡有一盒……呃啊。」他摀住眼睛，挫折地低吼了一聲。「算了，當我沒說。」

克里斯略顯困惑地皺了皺眉，然後撐起身子。「我去看看。」他再度用浴巾圍住自己，來到房間門口。確保門外沒有人在走動後，他便躡手躡腳地走進漆黑的走廊裡。

丹尼爾躺在床上，只想要把自己的臉用棉被蓋起來。天知道，原本他還覺得凱拉的構想荒唐又愚蠢，他還這麼信誓旦旦地說過，他絕不會帶人回來家裡過夜的——

當克里斯回到房裡時，他的臉上掛著一抹奇異的微笑。

「讓我猜。」克里斯輕聲說。「那又是凱拉的傑作，對吧？」他對丹尼爾亮出手中的保險套與潤滑液隨身包，忍不住笑出聲來。

「她是白痴。」丹尼爾嘀咕道。

克里斯回到床邊，彎下身，吻了吻丹尼爾的嘴角。「記得提醒我謝謝她的先見之明。」

接下來，丹尼爾進入了這輩子從未探索過的領域。很多事是他在成人影片中看過的，但他從來沒有想過，當這些事真正發生在他身上時，他會有什麼感覺、又會有什麼反應。

克里斯的動作很小心，像是怕弄痛了他。丹尼爾不太確定自己該做些什麼，但當克里斯的手與嘴看似不經意地經過他的胸前時，他才突然發現，他什麼都不用多想。他只要用自己的身體去感覺就好了。

儘管他努力壓抑自己的聲音，但他卻無法完全阻止低吟聲從他的嘴角傳出。當他不由自主地發出一點也不像自己的呻吟聲時，他立刻驚恐地用手摀住嘴。

在他胸口的克里斯低聲笑了起來。「小心點，別太大聲囉。」他挑釁似地說道。「你的室友們還在睡覺呢。」

丹尼爾抬起頭，怒視著他，但克里斯只是輕輕啣住他胸前的突起，就使丹尼爾的頭再度向後仰起，失去抗議的能力。

克里斯繼續向下進攻，使丹尼爾的肌肉緊繃得開始顫抖。當克里斯將他腫脹而隱隱作痛的器官含進嘴裡時，丹尼爾差點就叫出聲來了。他咬著嘴唇，硬是將叫聲吞了回去。濕潤而溫熱的觸感帶來的刺激與手指大不相同，使丹尼爾完全無法思考。當他再度回過神來時，他發現自己正下意識地擺動著髖部，想要埋得更深、想要被克里斯完全包覆。

「你好興奮，丹丹。」克里斯低聲說道。「你讓我也興奮了。」

「我才沒有——」

克里斯的舌尖在他的頂部輕輕畫了一圈，成功阻止丹尼爾言不由衷的話。

就在他覺得自己即將在克里斯的嘴裡繳械時，克里斯卻從他的兩腿之間退開了。

「你準備好了嗎？」克里斯低聲問道。

丹尼爾知道他在問什麼。他猶豫了一秒，然後顫抖地點點頭。

克里斯爬起身，撕開那一小包潤滑液。然後他推起丹尼爾的一條腿，扛在肩上，並將濕潤的手指伸到丹尼爾的股縫之間。當黏膩的觸感接觸到他的穴口時，丹尼爾忍不住一陣瑟縮。「噓，放輕鬆，丹丹。」克里斯說。「如果你會不舒服，我們馬上就停止。我保證。」

「你繼續就是了。」丹尼爾喘著氣回嘴。

「如你所願。」

克里斯逗弄般地將一隻指尖伸入洞口中。被人入侵的感覺使丹尼爾不由自主地縮緊了肌肉。他感覺得到克里斯的手指緩緩地在他體內進出，一次比一次深入，推開裡頭緊縮的肉壁。直到丹尼爾的身體逐漸習慣了一隻手指的進出後，克里斯又加入了第二根手指。

些微的不適感消退後，丹尼爾的身體便開始產生了某種改變。他從來沒有被人這樣對待過——但他得說，他並不討厭這種感覺。當克里斯的手指開始探尋地在他體內移動時，他的身體已經因期待而顫抖不已。克里斯的指尖擦過了一個他從來沒有意識到存在的地方，使他體內像是有一股電流流過。他不由地弓起身子，背部從床上撐起。

「克里斯——」他喘息地低喊。「那是……」

「我做對了嗎？」克里斯輕聲問道。

丹尼爾閉上眼，輕輕一點頭。克里斯的手指又挑逗地按壓了幾下，使丹尼爾眼冒金星。接著，他便從丹尼爾的體內退了出來。丹尼爾勃起的器官期待地抽動著。

他聽見了塑膠包裝撕開的聲響，不久後，克里斯的雙手再度撫上他的大腿。「也許會有一點痛喔。」克里斯的聲音有些擔憂地說。「就像我說的，如果……」

「喔，做就是了。」丹尼爾難為情地喊道。

克里斯低聲哼笑起來。

碩大的器官抵在他洞口的感覺，使他倒抽一口氣。克里斯試探地將頂端稍微擠入那一小圈肌肉之中。丹尼爾屏住呼吸。

「深呼吸。」克里斯的聲音指引道。「你做得很好了，丹丹。親愛的。」

丹尼爾顫抖地吐出一口嘆息。他緩緩睜開眼，看見克里斯正跪在他的雙腿之間。他臉上帶著淺淺的微笑，但額頭上卻爬滿汗水，臉頰漲得通紅。他看得出來，克里斯正用著極大的力量控制自己不要移動。

丹尼爾不由地低吟出聲。

克里斯緩緩向前推進。那股阻力與摩擦感使兩人都發出了粗重的喘息。當克里斯終於將自己的器官深入其中時，兩人都已經渾身大汗。

丹尼爾從來沒有想過，原來這會帶來如此滿足的感受。被另一個人的器官填滿的感覺太奇怪，但是好的那種；他想要抓住床單，又想要抓住克里斯的肩膀，但卻又覺得不知所措——也是好的那種。

「還好嗎？」克里斯的聲音聽起來有些壓抑。

丹尼爾嚥了一口口水。「還好。」

「那我要開始動了。」克里斯說。「我會慢慢來的。」

然後他便緩緩向後退去，直到他的器官只剩下前端在丹尼爾體內。接著，他再度挺進，雖然動作並不快，但這次卻直達讓丹尼爾眼前一片空白的那一點。丹尼爾無法控制地呻吟起來。

「寶貝。」克里斯低聲喚道。「你做得很好，親愛的。」

這次丹尼爾沒有心思回答他。

接下來，他不知道這一切過了多久。他只知道克里斯一次又一次地挺進、抽出，一次又一次地撞擊著他的敏感處。一開始他還努力地克制自己的聲音，但這對第一次做這檔事的他來說，實在太困難了。不知為何，他發出的聲音，聽在自己的耳裡，只是讓他更感到刺激與興奮，或許是因為那股羞恥感作祟。

克里斯突然停下了動作。丹尼爾只聽見他喘著氣，但接著，一隻手便握住了他開始分泌晶瑩液體的陰莖。克里斯的手快速地套弄著他，持續堆積的快感，使丹尼爾忍不住擺動起髖部。

「克里斯，我、我快要……」他喘著氣低喊。

「給我吧，寶貝。」克里斯的聲音沙啞而低沉。

於是丹尼爾就像是中了他的魔咒般，眼前突然閃過一陣空白，然後他弓起身子，在克里斯的手中高潮了。他不由自主地擺動著身子，但克里斯的器官還在他體內，這動作反而使克里斯發出一聲喘息。

「丹丹，我也快要到了。」克里斯說。

丹尼爾沒有辦法回答。他想他或許是下意識地點了點頭，因為接著，克里斯就像是得到他的首肯，再度開始抽插起來。他的動作變得有些急促，節奏感也消失了。丹尼爾的身體還在高潮餘韻的快感中一陣陣顫抖，不久後，克里斯最後一次挺進他體內，便停了下來。

一小段時間後，克里斯緩緩向後退開，逐漸疲軟的器官從丹尼爾體內退了出來。丹尼爾的呼吸已經恢復了正常，但他的眼皮彷彿有千斤重。當克里斯的嘴唇碰了碰他的眼角時，他甚至沒辦法真正看他一眼。

「我去清理一下。」克里斯低聲說。「你可以先睡了。」

朦朧中，丹尼爾感覺到有人拿冰涼的紙巾擦了擦他的雙腿之間與腹部，但他的身體好像已經不屬於他了一樣，無法動彈，只是任由對方把該做的事做完。

在他的意識完全遠離之前，他只感到有個溫暖的體溫在他背後躺下了，與他的身體貼合在一起。這感覺實在太過美好了，他不確定這是不是在進入夢鄉前，他的潛意識把幻想與現實混為一談的產物。

但如果這是夢，他希望他可以在其中停留得更久一點。

Chapter 15

當丹尼爾醒來時，他只是躺在床上動也不動。他的腦子像是陷入某種著了魔的狀態，使他什麼也沒辦法想——只除了昨天晚上的事。不僅僅是那場突如其來的性愛（現在想想，這好像也沒有那麼突然），還有在那之前的一切。丹尼爾閉著眼，回想著俱樂部裡的燈光、克里斯貼在他臉頰邊的耳語……對了，克里斯呢？

丹尼爾艱難地轉過頭，他的脖子像是生鏽的門閂一樣動彈不得。他身邊空無一人，而他自己赤裸著上半身，捲著被子，枕頭則不知道滾到哪個角落去了。

「呃啊。」伴隨著一聲沙啞的低哼，丹尼爾緩緩從床上坐了起來。這不只是宿醉而已，除了頭痛以外，他的全身上下都傳來他從未體驗過的痠痛感，就連他突破硬舉最大重量的時候都沒有這麼痠痛過。

看來昨天晚上的運動拉扯到的肌肉遠比在健身房的還多呢，他略帶挖苦地想道，但回想起昨夜性愛的過程，還是使他感覺到臉頰一陣熱燙。他搖搖頭，用力拍了拍自己的臉頰，然後緩緩爬下床。

等他在浴室盥洗完畢、來到廚房時，凱拉正坐在桌邊，面前擺著一台筆電。她抬眼與丹尼爾的視線相交。在那短短的一瞬間，他們之間彷彿交換了某種無聲的對話，凱拉微微一皺眉，隨後推開筆電，露出一個恍然大悟的微笑，丹尼爾則快速撇開目光，用盡全身的力氣阻止自己的臉頰漲紅——但他當然失敗了。

「我、的、天、啊。」凱拉一字一句慢慢地說。「你們真的做了，對不對？」

「閉嘴。」丹尼爾回答。

「所以你們真的做了。」凱拉說。「現在你是不是欠我的保險套藏寶盒一個道歉啊？」

丹尼爾決定無視她這句話，走到水槽前，裝了一杯水，背對著她一口氣喝光。

「所以，你覺得怎麼樣？」

這個問題使丹尼爾嘴裡的水流進了氣管裡。他一邊咳嗽一邊轉過身，氣急敗壞地看著凱拉。「你是不是瘋了？」他在嗆咳之間度斷斷續續地說道。「我才不要跟妳討論上床的事……」

凱拉臉上露出一抹奇怪的表情。「我是在問你和克里斯講開的事情，寶貝。多謝關照，我也不想和你討論你們上床的事。」

丹尼爾終於緩過氣來。他深吸了幾口氣，一邊思考了一下。他還不確定自己對和克里斯的關係有什麼想法。一切都發生得太快也太突然，他甚至不敢細想克里斯的表白。不知道為什麼，他的心底一直有一股不安，好像他如果太認真的相信這件事的真實性，這個美好的粉紅色泡泡就會破滅似的。

「我不知道。」他坦白道。

凱拉用一種「我就知道」的眼神看著他。「為什麼？」

「我們……」丹尼爾小心翼翼地措辭。「我們也不是真的有把話說開，不完全是。」他們比較像是說了幾句話、接了幾次吻，然後就開始做別的事了。

「噢。」凱拉點點頭。「所以克里斯今天早上離開的時候才會笑得像個傻瓜。」

「他有嗎？」

「別得意忘形了。」凱拉說。「注意一下你的表情；你的口水都要滴下來了。」

丹尼爾刻意壓下嘴角上揚的弧度，清了清喉嚨。「他有說他要去哪嗎？」

「我怎麼會知道？」凱拉說。「你才是他的男朋友，記得嗎？」

丹尼爾回到房間，從掉在地上的枕頭下方找到了自己的手機。螢幕上顯示有一封來自克里斯的訊息：

早安寶貝。我今天上班的時候會想你的。

雖然不想承認，但丹尼爾很高興克里斯並沒有把昨晚的事當成酒後的瘋言瘋語而已。

他看了看手機上的時鐘。距離克里斯上班的家庭餐廳開始營業還有將近兩個小時。他們還有時間可以聊聊。

不過當丹尼爾來到餐廳的停車場時，他才意識到，想要看克里斯聊聊的人不只是他而已。

＊

丹尼爾將車熄火，看向店門，卻突然意識到哪裡不太對勁。除了克里斯那台熟悉的腳踏車之外，丹尼爾看見門外還倒著另外一輛破舊的腳踏車。丹尼爾皺起眉。他拔下車鑰匙，快步朝餐廳走去。他的手緊握著口袋裡的手機。如果是搶匪，那他是不是該現在就報警？現在報警會不會被警察當成惡作劇電話？但是如果他冒然開門，他和克里斯是不是都死定了……

丹尼爾在距離關起的玻璃門外，瞇起眼往裡頭張望。

一個衣著破爛的男人站在櫃檯前，對著另一側的克里斯說著話。克里斯雙手交抱在胸前，看起來有點防衛，但是好像對對方沒有太多警戒。不知道為什麼，看著克里斯的動作，丹尼爾突然意會過來——他知道對方是誰了。

雖然他不確定自己在這時介入是不是個明智的決定，但是克里斯臉上的表情帶有某種成分，使他一咬牙，動手推開餐廳的門。

對話中的兩個男人瞬間停了下來，轉過頭來看著他。

門在丹尼爾的身後關上，發出一聲清脆的聲響。有幾秒鐘的時間，餐廳裡除了幾人起伏的呼吸聲之外，再沒有別的聲音。

在兩人的注視下，丹尼爾更加肯定自己的猜測：陌生的男人和克里斯有著一樣的鼻樑和眉毛，如果對方不是因為眼球佈滿血絲、眼角又被細紋包覆，丹尼爾想他們兩個就連眼睛都長得一樣。男人頂著一頭灰得發白的頭髮，雜亂地在腦後繫成一個馬尾，身上散發出濃濃的菸味和其他詭異的氣味，使丹尼爾忍不住皺起鼻子。

「丹丹？」克里斯緩緩開口。「你在這裡做什麼？」

「我覺得我們應該要談談。」丹尼爾說。「但是我猜我來得不是時候。」他意有所指地看著站在櫃檯前的男人。

克里斯發出一聲煩躁的哼聲，這是丹尼爾難得看見他不那麼游刃有餘的樣子。他一手爬過自己的金髮，然後嘆了一口氣。

「這是我……爸爸。」克里斯說。

「這我看得出來。」丹尼爾回答。

男人對著丹尼爾的方向揚起下巴，眼神中寫滿鄙夷。「你是誰？你是我兒子的同事嗎？你也是靠賣屁股維生的嗎？」

「什麼？」

丹尼爾的臉頰漲紅，但他不確定是因為對方侮辱了他或是克里斯。他的手在口袋裡握緊拳頭，大步往兩人所站的位置走去。克里斯從櫃檯裡伸出手，及時擋在丹尼爾胸前。

「沒事的，丹丹。」克里斯說，但他冰冷的眼神落在自己的爸爸身上。「有些人只是早上出門的時候忘了刷牙。」

「他在這裡做什麼？」丹尼爾問。「我以為你爸人在丹佛？」

克里斯沒有對上他的目光。「在他出現在我的餐廳裡之前，我也這麼以為。」

「你的餐廳？」男人嗤笑。一股惡臭伴隨著他搖頭的動作飄散開來，使丹尼爾忍不住作嘔。「不要故作清高了，孩子。每個人都知道你在舞廳裡幹什麼下流的工作。」

「但你還是拖著你的老屁股從丹佛跑來找我。」克里斯說。

「噢，拜託。你不會真的要放你的老爸爸一個人爛在科羅拉多吧？」男人歪著嘴一笑。「別當個賤人。我相信幾百塊錢對你來說應該不是什麼問題才對。」

「我已經說過了。」克里斯的聲音聽起來雖然平靜，卻像鋼鐵一般強硬。丹尼爾瞥了他一眼，發現克里斯的下顎繃緊，一條肌肉正在微微抽動著。「我沒有錢。沒有可以給你的錢。」

男人不耐煩地擺了擺手。「這些狗屁就不用說了。幫你的老爸一把，嗯？我最近手頭真的有點緊。」

「只有最近嗎？在我記憶中可不是這樣。」克里斯哼笑一聲。

「五百。」男人伸出一隻手，在克里斯面前攤開。「給我五百，然後我就會從你眼前消失了。」

「我沒有。」

男人的眼神一沉。也許是因為他眼球上的血絲，丹尼爾突然覺得內心湧起一股不祥的預感。男人的模樣看起來有點危險，像是街頭餓了好幾天肚子的流浪犬。

「我已經快要失去耐性了。」男人的額頭泛起一層油亮的汗水。不知道是不是錯覺，但丹尼爾覺得他好像看見男人開始渾身顫抖。「你為什麼非得要這麼難搞，就跟你媽那個婊子一樣？」

克里斯的喉結狠狠跳動了一下。「我沒有錢。隨你要怎麼說。我不會給你的。」

「小賤人。」男人低聲咒罵，伸出手越過櫃檯桌面，然後對著克里斯的臉搧了一個巴掌。他的動作看起來再熟悉不過，好像他每天都在這麼做似的。雖然他的力道看起來不大，卻還是讓克里斯的頭向一旁歪去。

我爸欠了一屁股債，失業酗酒，還會打人。克里斯的聲音在丹尼爾腦海中響起。嗯，看來克里斯當時輕描淡寫的程度還不只一點而已。

「你在做什麼？」丹尼爾脫口喊道。

但男人完全沒把丹尼爾當成一回事。他一把抓住克里斯的制服衣領往自己的方向扯，使克里斯的腰撞上了櫃檯邊緣。克里斯抓住男人的手腕。

丹尼爾的心臟一縮。他還不確定自己的大腦想要做什麼，他的身體就先展開行動了。他只聽見克里斯發出一聲錯愕的驚呼，然後下一秒，他的拳頭就落在男人削瘦而佈滿鬍渣的臉上。

男人鬆開克里斯的領口，向後踉蹌地退了兩步。丹尼爾的胸口劇烈起伏，看著男人的嘴唇流下一絲殷紅的血絲。

「小王八蛋！」男人往地上吐出一口帶血的唾沫，朝丹尼爾的方向走來。

「丹丹！」

克里斯從櫃檯後方衝了出來，抓住丹尼爾的肩膀，試圖阻止兩人再產生任何接觸。「別這樣，丹尼爾。他不值得你惹麻煩。」

但是丹尼爾只覺得臉頰到耳朵都滾燙不已，好像自己渾身的血液都在沸騰。當男人的手往他的脖子伸來時，丹尼爾只是舉起一隻手揮開了他。男人雖然看起來凶狠不已，但或許是因為他的身體早就被他攝取的各種垃圾給侵蝕得差不多了，他的動作意外地疲軟無力。丹尼爾把他狠狠向後一推，男人乾癟的身軀便向後摔倒。

「滾出去。」丹尼爾的聲音從咬緊的牙縫中蹦了出來。「在我們報警之前離開。我相信不管你身上是什麼鬼東西的味道，在加州都不合法。」

「去你媽的警察。」男人低聲咒罵，但他還是從地上爬了起來，拖著腳步，一瘸一拐地往店門口走去。在他經過丹尼爾兩人身邊時，丹尼爾得想盡辦法克制住自己把他一腳踢出店外的衝動。

他咬緊牙關，看著克里斯的爸爸推開玻璃門。只見男人試著抬起地上的腳踏車，但他似乎使不上力，他的身體開始以肉眼可見的程度劇烈顫抖了起來。丹尼爾看著他幾次徒勞地努力後，像是在洩憤般踢了破爛的腳踏車一腳，然後便跌跌撞撞地離開了停車場。

丹尼爾深吸一口氣。店裡的空氣還帶有男人身上集結了各種藥物與香菸的濃烈氣味，使他忍不住翻了個白眼。他轉過頭，看向站在他身後的克里斯。

克里斯臉上的表情很奇妙，如果不說是可憐的話。他只是沉默地看著丹尼爾的臉，手仍然緊抓著丹尼爾的肩膀。兩人的視線相交的瞬間，丹尼爾突然覺得時間好像靜止了一般。他們對視了兩秒、或者兩分鐘，或是二十分鐘，丹尼爾也算不清楚了。但接著，克里斯的另一隻手便環過丹尼爾的肩膀，從後方抱住了他。

克里斯柔軟的臉頰貼著丹尼爾的臉，使他暫時忘了要怎麼呼吸。

「抱歉，讓你看到了奇怪的事。」

「是蠻奇怪的。」丹尼爾承認道。「搞什麼？他怎麼會在這裡——他怎麼知道你在這裡？」

由於克里斯把臉埋在他的頸窩，丹尼爾看不見他的表情，只聽見他低聲笑了起來。「嗯，我猜這是我自己造的孽。你知道我一直都會把俱樂部的活動和我跳舞的影片貼在推特上吧？他一定是在推特上跟蹤我好一陣子了。」

「然後他就決定要在聖誕節前來與自己的兒子團聚？」丹尼爾說。「真是感人。」

「我想不管一個人有多垃圾，他都還是渴望家庭的溫暖吧。」

這句話理當是個玩笑，但丹尼爾知道，克里斯一點笑意也沒有。

「所以……他就是來找你借錢的？他還有說些什麼嗎？」

克里斯微微一搖頭。「他就只是突然出現在店門口，騎著那輛破爛的腳踏車……靠，我打賭連那輛車都是他從路邊偷來的。」他頓了頓，然後繼續說：「他一開始還和我寒暄了幾句，問我最近過得怎麼樣、這幾年都做了些什麼……」

「你有認出他嗎？」

克里斯笑了一聲。「就算他是從墳墓裡爬出來的，我都認得他。你也看到他的臉了。要否認我和他有血緣關係應該有點難吧。」

丹尼爾得承認他說的是實話。他不確定自己該怎麼安慰克里斯，或者在這個狀況下該說些什麼，最後，他只是簡單地說道：「至少你沒有把錢給他。」

「我不能。」克里斯說。「我還在存電影學院的學費。我就差那麼一點點了。」

「對啊。」

他們維持著同樣的姿勢又站了一會，克里斯從後方抱著丹尼爾的脖子，只是沉沉地呼吸著。最後他終於放開了丹尼爾，向一旁站開。丹尼爾猶豫著自己是不是該給他一個吻。情侶在這種時候都會做些什麼？丹尼爾有些難為情地意識到，他對這些事一無所知。

克里斯從掃具櫃裡拿出拖把和室內芳香噴霧，開始清潔地上帶血的唾液。

「你知道，當我第一眼看到他的時候，我還以為他要死了。」克里斯背對著他，一邊工作一邊說道。「他看起來太淒慘了……我離開科羅拉多的時候，他至少比現在還多出了十幾公斤吧。」

「如果他一直在用他打算跟你借錢去買的東西——不管那是什麼——我也不會覺得太意外啦。」

「重點是，在他開口和我要錢之後，我還寧可他是真的要死了。」克里斯說。「我希望他是發現自己得了某種絕症，然後突然得到天使的啟發，決定在死前與自己的兒子和解、懺悔他以前做過的那堆爛事……我這樣是不是很殘忍？」

「不。」丹尼爾立刻回答。真要說的話，他只覺得聽起來很哀傷。

克里斯笑了起來，把拖把放回水桶裡。「但是事實證明，狗改不了吃屎。他還是原本那個爛人，我也還是個沒用的兒子。」

「這不是真的。」丹尼爾說。「你為自己站出來反抗了。以前是，現在也是。你這樣怎麼會沒用？」

「我應該要在他進門的那一刻就把他趕出去的。」克里斯轉過身來，看向丹尼爾。丹尼爾驚訝地發現，一滴淚水從克里斯的眼角溢　，正從他的臉頰滑落。「但是我辦不到。即使在他對我說了那些垃圾話之後，我還是沒有辦法開口叫他滾蛋。」

「這只證明你是一個好人。」丹尼爾說。

看見克里斯的眼淚，丹尼爾湧起一股衝動，想要伸手去碰觸他的臉。但他只是站在原地，有些不知所措地。兩人隔著幾步遠的距離，空氣中彷彿有某種電流在竄動著。

克里斯搖搖頭，微微勾起嘴角。「我不知道……也許我還在等他道歉？即使理性上知道永遠也不會有這一天，但我還是期待他某一天會突然變成另一個人。」

「我懂。」

「是嗎？」克里斯對他歪了歪頭。

他的眼神幾乎像是在挑戰丹尼爾了。丹尼爾嚥下一口口水，跨出一步。他伸出雙臂，捧住克里斯的臉，湊上前去，然後用嘴唇擦過了克里斯的嘴。

克里斯的嘴唇動了動。接著，他一手扣著丹尼爾的後腦杓，接管了這個吻。

只有在他放開手之後，丹尼爾才終於有辦法提醒自己，下次絕不能讓克里斯用一個吻，就讓他的膝蓋變得像棉花一樣軟。

等到克里斯在店內噴灑了足夠的香氛劑，讓店內的空氣恢復清新後，他裝了兩杯可樂，和丹尼爾並肩坐在吧台的座位上。丹尼爾咬著吸管，有點刻意地迴避克里斯的視線。他可以感覺到克里斯的雙眼，使他臉頰無法克制地泛紅起來。

「希望他等一下不會再回來了。」丹尼爾說。

「我猜他再過不久，就會倒在外面的某條街上了。」丹尼爾輕快地說。「等警察發現他，還有一堆破事要我來處理呢。到頭來，我大概還是保不住我的學費吧。」

「我可以幫你。」丹尼爾脫口而出。面對克里斯投來質疑的目光，丹尼爾在心中咒罵自己的大意。「我的意思是，如果他做了什麼事，需要你保釋他或怎樣的，我至少可以幫上一點忙。你知道，我的大學基金還算是充裕……」

「我不能要求你這樣做。」克里斯說。「他是我爸，他惹出來的麻煩，也應該是要我來收拾。」

「但我是你的男友。」丹尼爾回答。「我本來就應該……」

「哎唷，丹丹，你變了。」克里斯的眼睛彎了起來。「那個害羞的小男孩到哪裡去啦？」

丹尼爾怒視著他。「閉嘴。」

「逼我呀。」克里斯說。「親愛的。」

於是丹尼爾就這麼做了。

他隱約記得自己來找克里斯是為了談某件事情，但此刻，他已經完全想不起來了。

Epilogue

電話響了兩聲之後，對方就接通了。克里斯帶著笑意，聽著另一端傳來丹尼爾一本正經的聲音。

「嘿。」丹尼爾說。

克里斯一邊看著眼前的電腦螢幕，上頭的影片轉檔正進行到一半，但他的滑鼠游標卻變成了所有剪輯師最害怕的不斷迴旋的圓圈。他嘆了一口氣，把筆電推開。

「嘿，寶貝。」

「怎麼樣？」丹尼爾說。

「『怎麼樣』？」克里斯笑了起來。「這不是應該是我的問題嗎？你的面試如何？」

「喔，你說那個啊。」

丹尼爾的聲音平靜得近乎詭異，就連平常已經開習慣這種玩笑的克里斯，一顆心都不由得懸了起來。難道他沒有拿到那份工作嗎？但是在畢業前，那個大製作人確實說過要讓丹尼爾去他的公司實習的……

「我拿到了。」丹尼爾說。「我下星期一開始，就要去他的工作室實習啦。」

克里斯歡呼一聲，從椅子上跳了起來。「我就知道！他沒有理由不要你啊。他是傻子才不讓你在他的下一張專輯上露一手。」

「我可不敢抱這麼高的期望。」丹尼爾語帶挖苦地回答。

「嗯，如果我的情況允許，我下星期一定會陪你去報到的。」克里斯說。「我要幫你拍一張掛著工作證的照片，而且一定要把工作室的招牌也拍進去——但是我星期一有個報告要交。」他嘆了一口氣。「然後我的電腦偏偏選在這一刻當機了。靠。」

「還好你現在必須去學校上課了。」丹尼爾說。「不然你一定會像個小孩第一次上幼稚園的家長一樣，讓我丟臉丟到死。」

「絕對會。」克里斯同意道。「我還要把你的『第一天入職』照貼在我的推特帳號上炫耀。未來的金牌唱片製作人是我男友，抱歉囉，鄉民們。」

「白痴。」丹尼爾說。但克里斯聽見電話另一端的人竊笑了起來。

克里斯向後靠在椅背上，抬眼看著天花板。「所以……你告訴你爸媽了嗎？」

「告訴他們什麼？」

「告訴他們，你不會回去了。」克里斯說。「你確定他們對這個決定沒有意見嗎？他們應該等你大學畢業等很久了吧。」

丹尼爾在畢業後與父母發生了一次激烈的爭執，那是克里斯第一次看見丹尼爾真正氣到七竅生煙的模樣。這和他平常佯怒的樣子完全不同，如果克里斯可以再置身事外一點的話，他大概會覺得丹尼爾的反差很有趣吧。

「兩個答案都是否定的。我還沒說，也不知道他們會有什麼反應。」丹尼爾聽起來有些心不在焉。「但是我有點想要裝死，你知道嗎？」

「你？裝死？」克里斯說。「你會先鑽牛角尖到把自己逼死。」

「但我還能怎麼樣？」丹尼爾說。「他們總有一天要認清現實，他們的兒子不可能永遠照他們說的話做。再說了，我的大學基金已經結束，他們再也不能拿錢威脅我了。」

「這代表你就要沒有錢了。」克里斯提醒道。「你很快就要開始靠自己了。」電話那頭的丹尼爾哼了一聲。克里斯聽見他關上車門的聲音。「就和所有人一樣啊。有什麼大不了？」

「確實沒有。」克里斯說。「歡迎加入凡人的世界，小王子。」

「閉嘴，混蛋。」

啊，這就是他最喜歡的回應。和丹尼爾開始交往後——也許甚至在交往前就是如此，克里斯有點記不清了——每次聽見丹尼爾這麼說，他都會湧起一股想要把對方擁進懷裡、搓揉他頭髮的衝動。

一陣窸窣聲後，丹尼爾那一端的聲音開始加入了許多環境音。克里斯可以聽見汽車引擎的運轉聲。

「晚餐想吃什麼？」丹尼爾問。「我順便買回去。」

「今天是你的大日子，應該你決定才對。」

「我只是應徵上一個實習的職缺，不是當選總統。別這麼戲劇化了，好嗎。」丹尼爾說。

「不然這樣吧。」克里斯說。「你去買披薩和炸雞，我打電話給凱拉和達克，再看看舞者們有沒有人有空來家裡一起開個派對。聽起來怎麼樣？」

「也可以。」丹尼爾說。「激浪汽水和可樂嗎？」

「沒錯。」

「收到。」丹尼爾說。「三十分鐘之後到家。」

「好。」克里斯對著電話微笑。「愛你喔。」

就算沒有看見本人，克里斯也可以從對方短暫的沉默猜想丹尼爾臉上的表情。他想像丹尼爾的臉色泛紅，雙眼直直地盯著眼前的道路，一時之間不知道該如何回應。他耐心地等待著。

「愛你。」丹尼爾簡短地說。然後他就結束了通話。

克里斯忍不住笑出聲來。他的男友，一直到現在都還沒有辦法很自在地說出「我愛你」這三個字。但是沒有關係，他想，他還有很長的時間可以慢慢訓練他。

克里斯那台反應遲緩的筆電終於又運作了起來。他一邊檢查剛匯出的檔案，一邊打開自己的手機聯絡人清單，找到了凱拉的電話。

——《脫衣舞男的等價交換法》完

後記

給每一個看到這篇後記的人，大家好，這裡是非逆！

不免俗地需要感謝許多人的努力，才有這本書的存在。首先是辛苦的編輯，百忙之中還和我無數次確認各式各樣的細節，希望我沒有給你添太多麻煩！然後是總是和我一起腦力激盪的好友小阿，如果沒有你，這本書大概現在就是個紀錄片般的故事吧哈哈；你給我的幫助真的太多太多了，我實在不知道該從何說起。就讓我多請你吃幾次飯吧！當然也不能忘記和我一起趕稿、週五開趴到天亮的雪莉。如果沒有你，創作的旅程可能會少了很多樂趣，或許在更早的時候就已經因為各種原因而結束了。還有和我討論作品、平常和我一起垃圾話的老朋友ㄙㄎ，有你在真好。以及繪製出這本書美麗封面的沈蛇皮老師，看到封面圖的時候整個心臟都快爆炸了！

要感謝的人實在太多，所以就感謝天吧（不是）。

寫克里斯和丹尼爾的故事，對我來說很快樂。其實這個故事最早的靈感，從好幾年前電影《舞棍俱樂部》時就出現了，那時第一次接觸到脫衣舞男這個題材，覺得十分新鮮，因此也一直都想要寫一個屬於自己的版本。這本書應該算是圓了我自己的一個小夢吧（一輩子都不可能當舞男的意思）。

一直以來都喜歡看英耽，也翻譯了很多英耽，現在自己又跳下來寫了自己想看的故事，這感覺實在很不真實——這大概也是我創作時最重要的原則：我好想看某一個劇情、好想看某兩種個性的人談戀愛，所以我就自己動筆，然後期待有人會跟我一樣喜歡這樣的故事。每一個看到這段話、喜歡克里斯和丹尼爾的人，謝謝你們，讓我發現我的喜好（性癖？）並不孤單！

如果、我是說如果，未來還有辦法繼續以商業出版的方式，讓更多人接觸到我喜歡的情節、我腦中幻想的世界和瑣碎的日常，還能有像沈蛇皮老師這麼厲害的繪師，為我心中的孩子們繪製出最屬於他們的樣貌，那就太好了。能有現在這樣的機會，寫出這篇短短的後記，就已經讓我內心充滿了感激。

希望看書的各位，能夠在故事的某些地方，產生一點小小的共鳴。哪怕只有一點點，這本書的存在也已經足夠了。

我們就下一個故事再見吧！

高寶書版集團
gobooks.com.tw

FH061

脫衣舞男的等價交換法

作　　者　非逆
繪　　者　沈蛇皮
編　　輯　賴芯葳
美術編輯　Victoria
排　　版　彭立瑋
企　　劃　李欣霓

發 行 人　朱凱蕾
出　　版　朧月書版股份有限公司
　　　　　Hazy Moon Publishing Co., Ltd
地　　址　臺北市內湖區洲子街 88 號 3 樓
網　　址　www.gobooks.com.tw
電　　話　(02) 27992788
電　　郵　readers@gobooks.com.tw（讀者服務部）
傳　　真　出版部　(02) 27990909　行銷部 (02) 27993088
郵政劃撥　19394552
戶　　名　朧月書版股份有限公司
發　　行　朧月書版股份有限公司 / Print in Taiwan
初版日期　2023 年 1 月

國家圖書館出版品預行編目 (CIP) 資料

脫衣舞男的等價交換法 / 非逆著 .-- 初版 .　-- 臺北市：朧月書版股份有限公司出版：英屬維京群島高寶國際有限公司臺灣分公司發行 , 2023.01-
　面；　公分 . --

ISBN 978-626-7201-46-6(平裝)

863.57　　111020745